Lumière

Christelle Saïani

Lumière

roman

© 2025, Christelle Saïani
Édition : BoD · Books on Demand,
31 avenue Saint-Rémy, 57600 Forbach, bod@bod.fr
Impression : Libri Plureos GmbH, Friedensallee 273,
22763 Hamburg (Allemagne)
ISBN : 978-2-3225-5991-6
Dépôt légal : janvier 2025

À mon père, mon pilier de soutènement, dont le courage et la pudeur ont forcé mon admiration.

À David, mon ami solaire.

À vous, que je ne connais pas, dont le combat est quotidien.

Ce livre vous appartient.

Photo de couverture : Engin Akyurt

(Ambre, dans son appartement)

Instant de grâce, photographique. Dans l'encadrement de ma fenêtre, les nuages s'étirent de manière élastique, fils opalescents tissant une toile baroque colorée de nacre. Un cumulus s'irise, se déploie et mue comme de fins cristaux de sucre qui s'évanouiraient en dessert gazeux. Ce matin, le ciel est une mousse de couleurs, de fragrances, soyeuse et charnelle. À mon image, infiniment légère. Je suis amoureuse et mon état me tapisse de désirs sucrés.

Je regarde cette curieuse gourmandise poursuivre son expansion pour s'inviter à un banquet où de nombreuses petites bouches viendraient la picorer. Souvenirs de fête foraine, mes doigts collent à défiler lentement un écheveau de couleur rose, mes yeux pétillent de plaisir. Barbe à papa fantasmée, turgescente, poussant à l'appétence. J'ai faim, de mon homme cette fois et de sa présence. De son regard, de ses mains longues qui me pétrissent, de son rire qui court et colonise chaque pièce de mon appartement.

Effet miroir, la barbe à papa se change en sphère pâle et meuble, levain prêt aux agapes. Dans dix jours, Léo sera revenu de mission et je lui dirai pour la première fois que je l'aime. Dans le ciel, la pâte se creuse, sculptée sous l'impulsion physique de ma pensée, perd sa rotondité et prend la forme anguleuse d'un visage. Un visage effronté à tête de lune, à l'aspect lisse de cierge, avec un menton de vapeur d'eau taillé en pointe, osseux et décharné comme celui d'une vieille femme. Clin d'œil, j'en jurerais.

Le jour où j'ai croisé la vie de Léo, mon désir m'a transpercée. C'était il y a quatre mois. Je m'apprêtais à quitter un ami, étudiant aux Beaux-arts, pénétrée d'humidité, après avoir consenti pendant des heures à incarner une icône éphémère dans son minuscule atelier. C'était la première fois que je posais nue pour lui, flattée de son intérêt pour mon corps que je trouvais médiocre. Dans l'atelier de Guillaume, que je découvrais, la prodigalité des objets avait achevé de réduire les dimensions déjà avares de la pièce : table, commode, canapé, chevalets, chaises, faïences et autres modèles de natures mortes, en se disputant une place déjà précieuse, croulaient eux-mêmes sous une débauche de peintures, de pots, de crayons, d'esquisses, de pinceaux... Les objets étaient soufflés dans un désordre joyeux qui frôlait l'éboulement. Aux murs, de nombreuses toiles s'accolaient au point de se confondre. À l'endroit où Guillaume avait l'habitude de peindre, des centaines de grains de couleurs germaient au sol, parfois écrasés et épanouis en boutons de fleurs. Dans l'atelier se déversait un flot continu de couleurs...

La séance de pose s'était révélée plus éprouvante que ce que j'avais préjugé. Guillaume avait composé avec toutes les circonvolutions de ma pudeur, finement, en amant habile et sensible qui goûte un corps virginal. Il m'avait demandé de me déshabiller d'un ton doux et désinvolte empreint d'affection fraternelle, si bien que j'avais fini par retirer mes bas, ma robe et ma culotte avec la simplicité d'une petite fille se préparant au bain. Puis il m'avait couchée sur son canapé élimé, couvert d'un amas confus de vieilles étoffes, comme il aurait déposé un oiseau au cœur d'un nid de brindilles, de plumes et de ficelles pour l'aider à s'y sentir au chaud. Il avait lissé mes trapèzes pour dénouer toutes mes tensions dorsales et placé mes bras en angles aigus, l'un en coque sous ma tête, l'autre sur les vallons de mes seins. Il avait façonné ma posture, replié mes jambes pour offrir mon intimité à son regard. J'étais devenue par son travail de modelage un être alangui dont le visage enfantin et naïf contrastait impudemment avec le bassin sulfureux d'une fille de mauvaise vie. Satisfait de me sacrifier ainsi à son appétit pictural, il s'était placé derrière son chevalet pour amorcer ma lente fragmentation en touches de couleurs.

Guillaume avait pendant des heures fouillé mon corps, de ses yeux vifs et métalliques, pénétrants et glaçants. Thomise qui savoure mentalement la mort lente d'une proie au fond d'une corolle. J'étais tétanisée par l'effet conjoint de sa lente radiographie, de mon immobilité et de l'humidité de la pièce. Lorsque je m'étais redressée, chaque muscle portait les coups de ses regards. Mais l'image qu'il avait extraite de mon anatomie était fascinante : une femme callipyge, ensorceleuse, Vénus à chair de lait, sur un lit torturé de nuances pivoine, pourpre et sang. Fusion de la sensualité et d'une forte sensibilité, érotisme manifeste qui crevait la pudeur. Guillaume avait saisi et dévoilé implacablement une partie intime de mon être que je n'imaginais pas directement accessible et cette vérité éclatait sur la toile, éclairée par le faisceau lumineux de sa peinture. « C'est stupéfiant... » dis-je avec une fierté mâtinée de doute. Je me suis rhabillée, pétrifiée par l'inertie de ces longues heures de pose. Guillaume m'a proposé un thé brûlant pour me réchauffer. Nous nous sommes assis côte à côte, moi vidée de ma substance, lui en sorcier apaisé qui venait de vaincre par ses vomissements de couleurs les démons mydriatiques de sa pensée.

Moment suspendu où Léo a frappé à la porte de l'atelier. Léo est ingénieur en robotique sous-marine, il troque ses services informatiques en échange de quelques cours de dessin. Il était venu soumettre à Guillaume ses premières esquisses.

Mon regard sur lui a agi comme un révélateur, un bain qui a transformé mon désir latent en image sensible et vive. Cheveux châtains très courts, parsemés d'épis. Nez droit et puissant, visage rectangulaire, avec des pommettes fières et dressées. Mâchoire osseuse, carrée et épaisse dont j'ai eu le désir immédiat qu'elle se referme en étau sur mon cou. Des lèvres charnues, explosives, dégainées outrageusement du fourreau de son visage pour inviter de manière perçante ma sensualité. Des yeux denses, tapissés d'une rivière de longs cils, hypnotiques. Mon corps s'est immédiatement réchauffé, moulé en dedans par un désir muqueux et brûlant. Léo s'est assis face à moi et nous nous sommes littéralement dévorés.

J'ai eu le sentiment embrasé d'être un taureau, désigné par le sorteo pour son attribution. J'étais entrée dans l'arène, une arène de feu et de désir, sans public, peones ni picadors, sans cruauté, sans appel de sang ni de boue. Juste lui et moi. Je me sentais dépassée par l'agressivité de mes pulsions. Chacun de ses regards me poussait à la charge. Chaque minute face à lui m'a convaincue de ma fragilité, mesurée à l'empan de mon appétit qui se libérait de son corset, fil à fil, mû par sa propre volonté. Nul besoin de faena, j'étais rendue, vaincue, au sol. Je lui appartenais déjà, sans qu'il ait encore posé ses mains sur moi.

Lorsque Léo s'est levé pour prendre congé de notre ami commun, mon image se reflétait comme deux minuscules lumignons dans les rets serrés de ses pupilles. Je l'ai suivi sans un mot, attachée à son ombre. Nous avons descendu l'escalier écrasé de lumière jaune. Sur la dernière marche, Léo s'est retourné et m'a enfin serrée dans ses bras. Je me souviens de tout, de l'élasticité ferme de sa bouche, de ses lèvres qui m'ont suçotée et dissoute comme un sashimi fondant sous sa salive et de son rire qui s'est libéré pour rebondir sur les parois écaillées de la cage d'escalier.

Je l'ai accompagné jusqu'à son appartement et nous avons fait l'amour, enlacés comme les racines d'une mangrove, dévastés par une lame de fond qui nous plongeait sans discontinuer dans un limon mouvant. Nous ne nous sommes pas arrêtés un seul instant, y compris pour manger. Léo m'a préparé des croque-monsieur à l'ananas avec une salade de mâche saupoudrée de sucre. Chaque miette de ce repas, nous l'avons partagée à deux. Souvenir du pain de mie qui se délite sous nos salives mêlées, du jambon qui se fragmente lentement, de l'ananas qui éclate en bouche pendant que ma langue caresse la sienne, toutes ces flaveurs, ces textures et l'aquosité de la mâche satinée qui se disperse en perles sucrées salées…

Lorsque je me suis endormie dans ses bras, j'étais à lui, sans retenue et sans pudeur, terre labourée et fertile, plus vivante que jamais. Mon corps croulait d'épuisement, brisé par le ressac d'un effort physique poussé à l'acharnement mais fanatisé et refusant de demander grâce.

Avec Léo, nous ne nous parlons vraiment que depuis deux ou trois mois. Notre désir outrageux annihilait notre capacité à communiquer autrement que peau contre peau. Depuis, nous nous connaissons mieux et chaque jour qui passe tisse davantage mon cœur au sien. Léo m'a confié tous ses combats, toutes ses failles. Son divorce l'a vulnérabilisé au point qu'il en est parfois translucide de fragilité.

J'admire son intelligence pratique, l'organigramme structuré de sa pensée, sa propension à l'idéal et plus que tout sa sensibilité à fleur de peau qui transpire dans chacun de ses gestes. J'ignore le détail de ses charges professionnelles. Je sais seulement qu'il évolue dans un monde exclusif d'hommes, carré et dépourvu d'affects, entre terre et mer, valises jamais défaites. Il conceptualise et assure le suivi de petits sous-marins téléguidés, bijoux technologiques orfévrés au millimètre, pour l'accomplissement de travaux spécifiques en haute mer, tels que l'enfouissement de câbles électriques ou la maintenance de pipelines. Son univers sans nuances tranche avec sa profonde sensibilité mais la circonscrit de manière salvatrice. Je partage ses revers techniques, ses défis, sans les comprendre mais avec tout l'engagement de ma présence.

Avec lui, j'aime les petits riens de l'existence : l'entendre me parler de sa fille espiègle et lumineuse, lire ensemble, soudés et cramponnés comme deux plantes ligneuses, ses doigts pincés sur mes mamelons dressés. L'écouter avec volupté me faire la synthèse acide de faits insolites, lécher dans sa bouche le chocolat noir fondu, plier sous ses assauts. Nous étendre au soleil, corps soudés et laisser la chaleur du soleil perfuser nos paupières. Lorsqu'il cuisine pour moi, il possède l'audace et le brio d'un chef d'orchestre. Les ingrédients les plus inattendus se coordonnent, se lient, s'animent et s'harmonisent avec tempérament. Ses doigts courent au-dessus des feux, virevoltent, domptent, galvanisent… Chaque instant vécu à ses côtés est magique. Il a sidéré mes peurs, je me sens libre. Il est temps de lui dire que je l'aime. Dès qu'il sera rentré de sa mission en Inde…

Je referme la fenêtre, m'étire longuement. Je vais descendre au café, je prendrai le soleil. J'ai envie d'un expresso bien serré en terrasse. Mon écharpe, mon manteau, parée.

— Bonjour.

Je viens de croiser mes voisins du rez-de-chaussée dans l'entrée de l'immeuble avec leurs deux enfants, équipés de vêtements et de chaussures de sport. La fille est belle, un peu fuyante, une très jeune fleur qui ignore encore tous ses attraits, le garçon est tout le portrait de son père. Je ne connais rien de cette famille. Pourtant, je pourrais jurer que le bonheur est pour elle une évidence.

— Bonjour, journée sportive apparemment ?
— Oui, nous partons randonner sur la Sainte-Victoire. Vous êtes radieuse.

L'amour est le soin de beauté le plus puissant. Je souris.
— Merci.

Je regarde mes voisins quitter l'immeuble et me prends à sourire : avec Léo, nous pourrions peut-être dans quelques années donner à voir la même image.

(Olivier, Sainte-Victoire)

— Descendez les enfants, nous y sommes.
— Je prends mon k-way papa ?
— Oui, ma puce, ta polaire et ton k-way. Le vent risque de souffler plus haut.

Les enfants s'équipent. Face à nous, des sentes fines et sanguines courent le long du terrain, pénètrent comme des couleuvres dans la végétation, une colonie ébouriffée de pins blancs à l'écorce écailleuse dont l'ombre offre un terrain propice à la pousse des chênes. Ici, la terre est rouge, argileuse, chargée d'oxydes de fer. Elle saigne. Plus haut, renflée à sa base, la Sainte-Victoire, blanche et bleutée, étire son immense colonne vertébrale vers le ciel. Plis déjetés, failles, ravines, falaises calcaires, terre rocailleuse et aride : j'aime cette montagne comme aucun autre endroit, sa géométrie, ses lignes de force, sa lumière.

Elle est ma terre, celle de mon enfance et de mes racines. Je randonne souvent sur ce massif, seul ou en famille, la fierté chevillée au corps, avec le sentiment d'être ici parfaitement à ma place, amendé, intégré à une nature dans laquelle je sens battre mon sang. Lorsque j'étais petit, la Sainte-Victoire me paraissait encore plus grandiose, une planète à part entière, avec ses milliers d'hectares de terre ocre, de roche blanche, de forêts et de maquis. Mon grand-père m'y amenait les « beaux dimanches », ceux que j'avais le bonheur de partager avec lui et ma grand-mère, sur l'éperon rocheux de Puyloubier, au pied du versant Sud de la montagne. Les beaux dimanches, c'était le lapin à la tomate sur son lit de haricots blancs lorsque nous restions à la maison, par temps pluvieux. Un délice qui devait son goût unique aux anchois que ma grand-mère laissait fondre dans la sauce. C'était, les jours secs, même très chauds, froids ou venteux, le pain de campagne et le saucisson tranché en petits cylindres pareils à des bouchons. Un repas de fête immuable tiré du sac à dos après l'effort et partagé en silence, entre hommes, sur l'autel calcaire d'un bloc rocheux, avec pour horizon la vallée de l'Arc et le Mont Aurélien. Mon grand-père me regardait, le sourire entendu, opinait de la tête en jetant un coup d'œil oblique sur la vallée, me regardait à nouveau. Tout était dit sans un mot, nous avions juste à rendre grâce d'être là, perchés en haut du monde...

Chapeau gardian en feutre sur ses cheveux argentés, opinel rangé dans sa gaine en cuir, mon « papé » m'a guidé pendant des années à la découverte de cette planète irrésistible, inconquise, dressée et fière. Grâce à lui, j'en connais les secrets, les sonorités, la flore, les habitants : le majestueux aigle de Bonelli dont le corps blanc tacheté d'éclats chocolat contraste avec les ailes d'un brun sombre, la fascinante Empuse pennée, aux yeux d'agate, casquée d'une excroissance saillante, la féroce et chlorophyllienne langouste de Provence. Le grand Circaète Jean le Blanc et sa tête brune capuchonnée, le lymphatique criquet hérisson, le farouche Monticole de roche, au plumage bleu et orangé et au chant flûté. La couleuvre d'Esculape à la livrée luisante brun-jaune, agile et fine, échappée du bâton d'Asclepios pour goûter en été, sur le feu de la roche, la morsure du soleil.

C'est lui qui m'a appris à en reconnaître et en aimer tous les parfums : ceux que la terre libère après la pluie, l'odeur des pins, de la résine, celles camphrées du romarin et de la lavande, les fragrances toniques et vertes du thym, le parfum de miel du genêt dont les arbrisseaux piquent le massif de lumière de mai à août, l'essence fumée du bois de cade, aux notes de cuir, celle, puissante, des narcisses que l'on trouve au sommet.

Il m'en a révélé, au fil des marches, la palette unique de couleurs, le vert sombre luisant du romarin, la corolle bleu pâle de ses fleurs, le brun sombre des baies de cade, le violet pourpré des iris sauvages, le jaune d'or des genêts, le vert tendre des aiguilles de pin, le fuchsia des grandes fleurs froissées des cistes cotonneux. La couleur de la roche surtout et ses valeurs. Les nuances sur la roche disent les saisons, l'heure de la journée, une météo clémente ou le temps qui se gâte. La roche absorbe le gris profond des nuages, le concentre. Sa clarté ou ses ombres parlent de la vitesse avec laquelle le vent balaie les nuages, impose ou dissimule le soleil. La roche grave en elle, de manière éphémère, l'écriture des éléments climatiques qui la frappent.

C'est encore mon grand-père qui m'en a enseigné le rythme, les respirations, qui m'a appris à composer avec sa langueur les jours brûlants d'été, son tumulte et sa nervosité les jours de mistral, de tramontane ou de fort vent d'Est, sa rudesse au sommet l'hiver, à recevoir le don de ses embrasements. Je lui dois ma connaissance de sa topographie, de ses dangers, mais aussi celle de ses richesses. Avec le temps, davantage d'adresse et de muscles, j'ai découvert avec lui les espaces plus secrets, les zones intimes du massif, les grottes, les pierriers, les goulets, les parois rocheuses avec lesquelles il faut faire corps pour accéder au Pic des Mouches.

— Myriam et Tom sont prêts, tu es à la traîne ! me taquine Naïs, les joues rosies par la fraîcheur de l'air.

— Je me dépêche.

La terre est chargée d'humidité. Les roches calcaires du massif dorment encore, recouvertes d'une fine gaze grise. Dans quelques minutes, elles accrocheront à leurs flancs, comme des grelots, de petits points de lumière, le soleil embrasera la roche et la Sainte-Victoire se parera d'une robe saumon veinée de bleu. Une véritable parade nuptiale qui se répète chaque jour pour le plaisir des spectateurs les plus matinaux : le soleil s'approche lentement, caresse les premiers pans rocheux, l'air vibre et se réchauffe. Lorsque la roche s'illumine, le mariage est consommé et l'ascension du soleil fulgurante : en moins d'une heure, conquérant et maître du massif, il vient, sur la crête, frapper et réchauffer la Croix de Provence à près de mille mètres d'altitude.

Je change mes chaussures de ville pour mes chaussures de randonnée. J'enfile ma polaire, mon bonnet marine. Encore cette maudite toux. Mes bronches sont en feu depuis des semaines. Malgré les médicaments, mon état ne s'est pas amélioré, sans doute mon système immunitaire est-il un peu faible en ce moment. J'ai aussi cette pointe douloureuse dans le dos, à droite... Naïs m'observe, les sourcils froncés, en remuant la tête de gauche à droite. J'ai l'impression d'avoir dix ans, acculé par le regard réprobateur et moralisateur de mes parents. Je me sens bête.

— Tu devrais retourner voir le médecin Olivier, ta toux est mauvaise. Ne laisse pas traîner ce problème.

— Je te promets de m'en occuper dès demain chérie. Je pensais qu'avec les médicaments, tout rentrerait dans l'ordre, mais cette satanée bronchite persiste. Que cela ne nous empêche pas de profiter de notre balade. Allez, hop, tout le monde en selle !

Tom vient de me subtiliser mes bâtons de marche, trop grands pour lui. Désynchronisé, il ressemble à un berger landais qui ferait un usage dément de ses échasses. Myriam sort enfin de la voiture, après s'être recoiffée longuement dans le miroir du pare-soleil, à l'avant du véhicule. Elle est prête à affronter le massif, baskets aux lacets turquoise assortis à sa polaire.

— Mais oui, tu es belle !

Myriam me tire la langue après avoir levé les yeux au ciel. Elle est à l'âge de la coquetterie sans relâche, hypnotisée comme toutes les ados par cette image d'elle sans cesse mouvante. À la maison, son image la rattrape partout, obsessionnelle, dans les miroirs de l'entrée, de la salle de bains ou de sa chambre... Elle se recoifferait dans le reflet d'une flaque. Dans une heure, elle n'aura plus besoin de se rassurer sur ce qu'elle donne à voir. Elle sera simplement connectée à la terre, les pommettes rougies par l'effort, les cuisses endolories, le souffle plus court, vivante et partie d'un tout.

— On commence doucement les puces, je suis un peu fatigué en ce moment.

— Oui, papi, à ton rythme. En revanche, tu pourrais toi aussi te recoiffer, ce ne serait pas du luxe, ironise Myriam, t'as la tête en jachère !

Ne jamais tirer une balle à blanc sur un adolescent, il riposte immédiatement au canon. Je me plonge à mon tour dans le reflet de la vitre : barbe de trois jours, calvitie nette sur le haut du crâne, cheveux mi-longs sur les oreilles et mèches relevées par le vent, Nicholson dans Shining, la hache en moins. Un vrai play-boy. Je regarde Naïs. Depuis seize ans que nous sommes ensemble, je m'émerveille toujours d'être avec elle. Elle gagne en beauté avec le temps qui passe. Le matin, quand je fourrage dans mes cheveux, pour ce qu'il m'en reste, que j'ai l'œil collé et une haleine à commander le silence, je m'étonne encore de la voir à mes côtés, si sexy, avec ses belles hanches, sa peau veloutée, ses seins généreux, ses yeux de Bleu Russe. Bien sûr, son visage est moins lisse et elle se teint les cheveux pour cacher ses quelques cheveux blancs. Bien sûr, la pyramide de pots de crème au-dessus du lavabo trahit sa fragilité et son angoisse de moins plaire. Pourtant, ses premières rides postées au coin des yeux, ce sont mes seize plus belles années. Elle s'inquiète de ses bourrelets mais son corps s'est embelli avec la maternité, ses formes se sont arrondies. Dans trente ans, je m'émerveillerai encore de l'avoir à mes côtés. Pour les poètes antiques, les arcs-en-ciel signaient le passage de la déesse Iris lorsqu'elle descendait de l'Olympe porter un message à notre modeste humanité. Je peux me porter caution de la véracité de leurs croyances : je vis avec cette déesse depuis que j'ai trente ans et chaque pas qu'elle fait ouvre le ciel.

— Tom à côté de moi, Myriam, tu ouvres la marche.

Malin. J'ai la garantie de monter jusqu'au Prieuré avec les fesses rondes et dansantes de mon épouse au premier plan. Si nous n'étions que tous les deux, je lui ferais l'amour sur le champ, debout, contre un pin, à l'abri des regards.

— À quoi penses-tu Olivier ?

Naïs me fixe avec un sourire amusé. Après seize ans, elle devine mes désirs à l'instant même où ils prennent forme.

— J'étais en train de me dire que nous pourrions nous arrêter pique-niquer sur la crête des Costes Chaudes.

— Les Costes Chaudes ? Excellente idée !

Les hanches de Naïs ont accentué leur ondulation. Je suis maintenant aussi vulnérable que Mooglie devant les yeux spiralés de l'envoûtant Kaa. Par bonheur, la montée sera longue...

(Léo, premiers jours de mission en Inde)

Hier, nous atterrissions à l'aéroport de Cochin, après seize heures de vol. En me rechaussant, je me suis aperçu que mes pieds avaient gonflé. Je souffrais de chaque muscle, mes jambes étaient engourdies. Je n'ai pu m'empêcher de citer mentalement mon chef avec ironie : « Il n'y a pas de grande différence entre la classe affaire et la classe économique. » Effectivement, la différence est ténue comme un fil : les voyageurs qui quittent l'avion en classe économique sortent pressurés, avec le visage creusé de larges cernes, les autres, fringants, arborent un sourire pétulant et tranché comme une fine pastèque.

Je pensais déjà à mes bagages et je priais de les retrouver sur le tapis pour mes dix jours en Inde. Après une attente interminable, je les ai aperçus, soulagé. Nous sommes sortis de l'aéroport avec José, mon bras droit, en quête de notre agent. Un homme moustachu, frêle et au visage buriné, coiffé d'un turban immaculé, nous attendait solennellement, un petit écriteau à la main. Je me suis approché de lui et lui ai fait signe de la tête. Son anglais découpé à la hache par un fort accent et la raucité de sa voix le rendaient peu intelligible sans concentration. Il nous a précédés jusqu'à son véhicule, de marque TATA, petite voiture urbaine sans habillage intérieur dont les dimensions équivalent à celles de nos FIAT 500 européennes.

Comment pouvions-nous tous tenir dans cette voiture de poupée, José et moi, chacun muni d'une valise et d'un ample sac, en plus du chauffeur ? Celui-ci ne paraissait pourtant pas inquiet, visiblement rompu aux tours de passe-passe. Pour cause, nos valises ont achevé leur long périple ceinturées sur le toit par le biais de ficelles de fortune dans un improbable jeu d'équilibre. Notre agent a dodeliné de la tête, confiant pour deux en me lançant un épique « ok, sir, no problem » qui m'a décroché un sourire amusé.

Nous sommes donc partis sur les routes de Cochin, dans cette voiture petite comme un pouce et supportant l'excroissance de nos bagages. Quand je dis routes, je confine au lyrisme, car nous roulions plutôt sur des chemins de terre défoncés par le passage incessant de camions surchargés, opacifiés en continu par d'épais nuages pulvérulents. La pollution prenait à la gorge et ne nous quittait plus. Nous avons traversé plusieurs bourgades dans un concert incessant de klaxons. J'ai beaucoup voyagé lors de mes missions, parcouru de nombreux pays, jusqu'aux viscères parfois très pauvres de certains quartiers, mais ici la misère atteignait un degré ultime, palpable comme une grosse tumeur. Difficile de soutenir le regard d'hommes et de femmes dont les maisons n'étaient que des conglomérats de tôles. Oppressant d'observer tous ces frêles enfants qui couraient au milieu d'immondices éparses, toutes ces silhouettes qui erraient dans les dédales de rues souillées d'eau croupie, de bouses de vaches, de déjections canines. Et pourtant, même la misère qui grouillait aux pieds de ces enfants ne parvenait pas à les réduire. Ils semblaient porter leurs rires plus loin et plus haut, résilients, dans l'étoffe de rêves inaliénables. Ces premières séries de plans m'ont signifié avec acuité ma chance d'être né en France.

Après une heure, nous avons emprunté les premières rues de Cochin, seul port naturel en eaux profondes de la côte de Malabar, où commence ma mission. Le contraste avec le paupérisme insoutenable des scènes entrevues pendant le trajet m'a saisi. Par ses petites rues pavées, son bord de mer, sa combinaison de maisons colorées, mêlant architectures balinaise, hollandaise, britannique et portugaise, cette cité offrait une fraîcheur et une vitalité inespérées. En longeant le bord de mer, mon œil a fixé avec volupté le spectacle aérien des carrelets chinois, grands filets de pêche bleutés tendus en enfilade sur des baleines en bois.

Nous sommes arrivés devant l'hôtel. Dans l'entrée, plusieurs vasques disposées au sol dessinaient une mosaïque diaprée de fleurs de lotus. À la réception, les femmes étaient vêtues d'un sari couleur safran dont la luminance éclatait sous leur chevelure de jais. J'ai pris possession de ma chambre où des senteurs de jasmin, de camphre et d'épices divinisaient l'air. Je me suis rafraîchi car la chaleur humide de l'air me suffoquait et mes habits étaient trempés de sueur. Février est un mois chaud sur la côte de Malabar. Le soir, dans la moite intimité de ma chambre, j'ai repensé à tous ces enfants aperçus sur ma route. À cette heure, ils s'endormaient peut-être à même le sol pendant que je peinais à occuper mon lit trop grand...

Ce matin, nous nous sommes rendus à pied, José et moi, jusqu'au bateau. Nous nous sommes fondus dans la masse dense de la population et nous avons pénétré l'intimité de plusieurs quartiers. Croisement d'habitations et de zone industrielle où débordaient d'activités, dans une fourmilière de couleurs, des centaines de femmes dévolues en apparence à l'entretien des routes, de très jeunes vendeurs ambulants et travailleurs étiques déchargeant à la main d'énormes poids lourds de marchandises, pour la plupart de vétustes camions russes grossièrement entretenus. Je me suis approché de l'un d'entre eux. La cabine était spectaculaire, tapissée d'un mélange pléthorique de batiks indiens, figurant des divinités censées assurer aux chauffeurs une protection sans faille. À la pratique vertigineuse et inconsciente de leur conduite, je comprends qu'ils ressentent l'impérieuse nécessité de leurs croyances. Une chaise de camping pliable, attachée par de simples sangles, s'était substituée au siège d'origine. Ce camion ne possédait plus la moindre vitre et son pot d'échappement crachait une fumée noire et grasse.

Aux abords du bateau se plantait un poste de garde. Je savais par expérience que la patience constituerait notre seul sésame. Nous avons donc présenté nos laissez-passer officiels. Le garde a procédé à l'examen scrupuleux de nos papiers durant plus de quinze minutes, d'un air infatué, sans s'apercevoir le moins du monde qu'il tenait les documents à l'envers. Nous avons enfin obtenu son accord pour monter à bord du navire. Une fois sur la passerelle d'embarquement, une légère appréhension m'a gagné : j'avais en charge la direction du personnel technique et je souhaitais que l'équipage fût coopératif et aimable. Le bateau paraissait particulièrement bien entretenu. Pas de trace de rouille, de moisissures en crachats ou de désordre apparent. L'équipage se composait d'Indiens, de Thaïlandais, Singapouriens, Chinois, Malgaches, d'un Écossais et d'un Anglais.

Le navire câblier était vaste, avec des dimensions avoisinant les cent vingt mètres de long sur quatorze mètres de large, sept ponts, plusieurs cuisines, des salles de détente spacieuses, des chambres très correctes. De colossales machines à câbles coupaient le pont de travail en deux. Des haussières étaient enroulées comme de gigantesques tentacules spiralés, des kits de jointage entreposés avec discipline. Dans le bateau, circulait un air frais, voire froid. Le personnel avait poussé la climatisation au maximum. Le contraste avec l'extérieur était saisissant.

J'ai décliné mon identité et mon statut au capitaine du bateau, un Singapourien d'origine chinoise, effilé, au port altier, à la voix grave et posée, qui m'a souhaité la bienvenue avec un sourire assuré. Le bosco s'est révélé quant à lui le négatif physique du premier, petit, râblé avec un débit de paroles très rapide, glissant sur la moitié des mots mais très sympathique et avenant. À la première synthèse des conversations techniques, j'ai relevé que l'alimentation principale n'était pas identifiée, les liaisons de données et les liens vidéo pas encore tirés.

Le robot quant à lui poursuivait son assemblage et le portique prenait forme. Nous avons procédé à la mise en place des jambes. Pour cela nous avons commandé une énorme grue flottante et réuni toutes les personnes travaillant sur le chantier. J'ai coordonné toute l'équipe technique pour connecter les jambes au corps du ROV avant la nuit. Avec les chefs de chantier indiens, j'ai rapidement compris que je devais proscrire les injonctions, tout relève de la suggestion pour ne froisser aucune sensibilité. Ici la diplomatie trône en reine...

Première nuit à bord du bateau. Je défile mentalement toutes les opérations menées depuis ce matin sur le ROV. Nous sommes parvenus à l'assembler. Les logiciels et instrumentations fonctionnent mais Khaled, l'électricien de bord, m'a prévenu ce soir que la tête de positionnement acoustique est en panne. Demain, nous appareillons et partons au large des côtes. En attendant que la pièce de rechange, commandée à Singapour, nous soit livrée, nous travaillerons à boucler toutes les liaisons optiques.

Je m'allonge sur le lit, la tête en appui sur mes bras croisés. Durant mes missions, difficile de sortir du maillage serré des opérations techniques qui se succèdent et s'enchaînent sans répit. Tout mon influx nerveux est tendu vers leur accomplissement. Pourtant, à cette heure, je pense à Ambre, à l'autre bout du monde et je ressens l'envie caressante de sa présence. Ma petite mante espiègle à l'appétit carnassier. La première fois que je l'ai vue, dans le maigre atelier de Guillaume, j'ai éprouvé le désir violent et immédiat de sa possession physique. Elle était éreintée et belle comme après une nuit d'amour. Derrière sa moue de vestale gronde un tempérament de feu. Lorsqu'elle enroule ses jambes autour de moi, je ressens qu'elle se consume...

(Léo, mer d'Oman)

Trois heures dix-huit. Je dormais depuis moins de deux heures lorsque José est venu tambouriner à la porte de la cabine.

— Léo, avarie sur le ROV, bouge !

Je m'arrache du lit, d'un geste las, passe mes doigts dans les cheveux, pioche machinalement une cigarette dans ma chemise pour la pincer à la commissure des lèvres. Gestes automatisés pour me convaincre de ma veille. La mission que je supervise doit durer encore cinq jours en haute mer si je parviens à accorder ce satané robot. Sur les quatre jours déjà passés en mer, je n'ai pas cumulé quinze heures de sommeil et je me sens fourbu comme un Trait du Nord dans un bassin minier, épuisé jusqu'à la corde. Même plus le temps de me laver. Seuls la tension du travail et le café me tiennent encore debout. Les coursives défilent sous les lumières crues jusqu'à la salle de travail.

— Je t'écoute José. Fais-moi un point précis de la situation.

José est mon allié le plus précieux dans toutes les missions de crise. Il porte les stigmates de centaines de nuits paralytiques semblables à celle-ci, à encaisser les insomnies induites par les dysfonctionnements d'un animal technologique perdu dans les fosses de l'océan, aliéné depuis tant d'années par les caprices diurnes et nocturnes du ROV que ses rythmes physiologiques sont maintenant strictement subordonnés à la santé mécanique du robot dont il a la charge. José et moi nous connaissons par cœur sur le plan professionnel. Nous formons, pour avoir écumé ensemble toutes les mers, une entité hybride à deux têtes. Il me fixe de son regard nerveux.

— Le ROV n'est plus sous contrôle, plus aucune commande ne passe. Le grutier est déjà en place, le pilote et le copilote du van aussi. La passerelle m'a informé que le courant pousse le robot à l'extérieur du bateau mais il l'entraîne aussi vers l'arrière.

Je me mets en contact avec l'équipe de nuit et lui demande de reculer le bateau, de m'annoncer la profondeur et la position du robot. Retour radio du pilote :

— Léo, nous n'avons plus aucune vidéo, l'électricité ne passe plus.

— Reçu. Utilisez la balise d'urgence.

Le ROV est à l'arrière du bateau, à une profondeur de deux-cent-quarante-huit mètres.

— Passerelle, culez à 0,4 nœuds.

La vidéo pont montre que l'ombilical, le câble principal qui fournit l'énergie et les signaux nécessaires au fonctionnement et au pilotage du robot depuis le navire, amorce un retour dans l'axe. La ligne de relevage arrive sur le pont, les matelots commencent à la dégréer de l'ombilical pour l'attacher au filin de la grue. La grue remonte lentement le ROV vers la surface puis le relève à l'aplomb pour poser ses huit tonnes sur le berceau pont. José me regarde avec la satisfaction viscérale d'une mère qui vient de reprendre contact chair à chair avec son nourrisson.

— Rentré au bercail ! Je descends l'inspecter.

— Je sors avec toi.

Sur le pont, toute l'équipe gravite autour du robot à la recherche d'une panne franche. Rien de visible, il va falloir pousser les investigations. Après quelques minutes, nous parvenons à localiser l'avarie. Cela promet deux bonnes heures de travail et de contorsions pour sortir la pièce. Autant d'heures arrachées à la nuit pour qui devra procéder à la dissection des entrailles du ROV.

— José, je repars me coucher. Tu devrais faire la même chose, tu as l'air défait, dors un peu et appelle-moi quand la pièce est extraite.

José hoche la tête. Nous sommes à cette heure deux pantins à peau cartonnée et grisâtre.

Cinq heures cinquante, de retour en cabine. Mes vaisseaux sanguins fouaillent mes tempes et m'interdisent le repos. Je me sens lourd comme du plomb, saoul de fatigue mais hypertendu. Je pense à Ambre. Dans quelques jours, je me réchaufferai au contact de son corps docile. Lorsque je la touche, elle est déjà vaincue. Sa reddition me flatte. Je glisse mes mains sur elle, sur ses hanches rebondies, sur le fin granulé de ses seins élastiques, sur la cambrure de ses fesses. Narines ouvertes, elle me fixe et dissèque chacun de mes gestes sur sa peau. Son désir exsude. Mes doigts courent librement sur ce territoire déjà conquis, sur le ventre, en haut de la région pubienne. Je colle la paume de ma main sur son sexe, je sens la chaleur diffuser de ses lèvres déjà liquides, une source chaude qui palpite…

Sept heures douze. Des bruits sourds et distordus résonnent dans ma tête. Bacchanale nerveuse.
— Léo, bouge !
Je m'arrache du lit, d'un geste las, passe mes doigts dans les cheveux, pioche machinalement une cigarette dans ma chemise pour la pincer à la commissure des lèvres. Récurrence amère, j'ai le sentiment de ma répétitivité et d'une lente mais certaine déshumanisation. Ce matin, le ROV, c'est moi. La journée promet d'être longue.

(Ambre, dans son appartement)

Je referme mon sac. Je suis prête. Ce soir nous partons, Léo et moi, dans l'écrin historique d'Arles, pour découvrir les vestiges romains récemment extraits de la mémoire rhodanienne. Je ne sais rien de cette exposition qui galvanise Léo, mais je bous à la seule idée de traîner dans les rues lumineuses de la ville, pendue à son bras et lui renvoyant le coup droit de son rire. Ce week-end, je l'attends avec la fièvre d'une fillette qui se retient de dépaqueter son cadeau pour garder intacte la magie qui l'enveloppe. J'entends la sonnerie prompte de mon téléphone portable. Message de Léo, peut-être m'attend-il déjà en bas de l'immeuble…

« Je ne viendrai plus. Je te demande pardon. » À qui ce message s'adresse-t-il ? Que se passe-t-il ? Je ne comprends rien. Rien du tout. Je saisis mon téléphone, lui renvoie son message, assorti du mien : « Je t'attends. Je t'aime. » Je sens mes jambes qui se dérobent, happées par le vide. Mon pouls s'est emballé et mes battements cardiaques résonnent de manière sourde au niveau du crâne. Combien de temps va-t-il lui falloir pour se rendre compte de sa méprise ? À qui ses mots sont-ils destinés ? Chaque seconde qui s'écoule se cristallise comme un produit en solution sous l'effet d'un réactif. Une minute, figée, et la sonnerie de mon téléphone retentit à nouveau. Mon angoisse inepte aura duré soixante longues secondes. « Je préfère arrêter. Pardon Ambre. »

Je sens une boule qui me serre à la racine de la gorge. Ma main se place de manière réflexe sur ma trachée pour faciliter son passage. Mais la balle, mon prénom ajouté au contenu du message, est toujours là au fond de ma gorge et obstrue mes voies aériennes. Ces mots m'étouffent et je ne parviens pas à réagir.

Ce message est absurde. Je l'attends pour partir. Il faut que je me ressaisisse. Léo joue avec moi, un jeu d'amant pervers qui teste délicieusement les limites de son emprise sur moi et je plonge de manière irrationnelle comme une enfant. Je lui envoie un second message incrédule qui refuse de porter le moindre écho de mon angoisse : « Cesse ce jeu imbécile, je t'attends. »

Au moment où ma sonnerie retentit à nouveau, je me demande ce que je sais réellement de Léo, comment nous avons pu en une fraction de seconde basculer dans ce jeu sordide où mes repères affectifs ont subitement éclaté. Le message est identique, le cercle vicieux se referme sur moi. Je panique, mes convictions se désagrègent. Je tape une salve de messages, en désordre confus, à l'image des émotions contradictoires qui se télescopent en moi. Affects en surtension à la manière d'électrons excités. Mais à la rafale de mes messages s'oppose le mutisme oppressant du téléphone.

Cette boule, au fond de la gorge, je la sens à nouveau, renflée, tubéreuse, indélogeable. Je ne parviens plus à respirer, les yeux rivés sur l'écran de mon téléphone. Elle s'enracine et me dévore de l'intérieur. Mon corps se soulève de spasmes et je fonds en larmes. La combinaison consciente de vingt-sept minuscules fourmis alphabétiques est en train de me ravager par le biais d'un écran qui tient dans la paume de ma main, un écran insignifiant que je pourrais laisser éclater au sol pour ne plus subir le contenu toxique de son message mais que je perçois à cette heure comme le seul lien immédiat avec Léo.

Nouvelle décharge de messages. Je lui signifie mon refus, l'impossibilité de ce scénario. Je lui réaffirme mon amour, le somme de s'expliquer, le menace, le supplie, l'enjoins de m'envoyer de nouveaux mots plus rationnels, conformes à ce que nous sommes depuis plusieurs mois. Le téléphone m'assène un nouveau message couperet : « J'éteins mon portable. Pardon. »

Je m'effondre. Léo me ferme sa porte sans aucune justification. Il dresse entre nous un mur de non-dits, de pourquoi, contre lequel je suis en train de me briser avec éclats. La semaine dernière, il m'assiégeait de toute la vigueur de son corps lorsque je lui ai dit pour la première fois que je l'aimais. J'ai ressenti au moment où mes mots l'atteignaient un défaut d'ondes que je n'ai pas réussi à décoder, comme s'ils n'étaient pas parvenus à libérer leur énergie cinétique. Aucune perturbation physique ne s'est produite, aucune modification de notre champ, aucune oscillation. Mes mots avaient été absorbés par l'eau sans la moindre ride en surface. Léo s'est contenté de me sourire. Ce défaut d'ondes, je l'ai imputé à sa fatigue. Il n'avait pas dormi pendant dix jours consécutifs ou très partiellement...

Je me sens bouillir mentalement. Effet pervers, je ressens une insoutenable dilatation du temps. Chaque seconde est soufflée comme une paraison au bout d'une canne de fer creuse. Le temps s'écoule en pâte épaisse et tranche indécemment avec les émotions acides qui me bousculent. J'en crève d'attendre. J'ai le sentiment de ma claustration. Sensation de suffocation, de contention, l'espace s'est resserré sur moi comme une cage. Piégée. Je ne comprends rien. Je ne parviens plus à penser. Mes pleurs me défigurent. Qu'on m'endorme.

(Olivier, traitement de première intention)

— Monsieur Nehring, si vous voulez bien me suivre...
Dans l'encadrement de la porte, un homme de taille moyenne, d'une cinquantaine d'années, me fixe derrière ses lunettes demi-lune en hochant légèrement la tête. Nez busqué, sourcils épais, cheveux grisonnants peignés en arrière. Un sourire file très brièvement sur son visage. Je me lève et donne le bras à Naïs. Elle tenait à venir avec moi à ce premier rendez-vous. Je lui en suis reconnaissant. Je suis mort de trouille.
— Bonjour docteur.
Je serre à contrecœur la main tendue par le médecin, comme si ce simple geste suffisait à sceller formellement une relation dont j'appréhende déjà toutes les contraintes. Ai-je le choix, simplement ? Je préférerais lui dire : « Non, docteur, pas aujourd'hui. Reportons notre rendez-vous, je ne me sens pas prêt. » Je n'ai plus le choix mais reconnais toute ma responsabilité : j'ai fumé trop et trop longtemps, sans jamais vouloir comprendre que le cancer finirait sûrement par me tomber dessus. J'avais onze ans quand j'ai commencé. J'empruntais le vice des grands, pour combler mon ennui et l'absence de mon père. À cet âge, la mort paraît presque irréelle. J'avais l'assurance d'être

invulnérable, comme tous les fumeurs que je côtoie encore aujourd'hui et qui considèrent le spectre de la maladie avec autant de morgue que d'inconséquence. Nous aurions pourtant plus de chances de survie à la roulette russe : une balle logée dans une des chambres du barillet laisse cinq chances de survie pour six coups tirés. Le tabac se montre plus cynique : un fumeur sur deux développe un jour un cancer mais la peine est différée. Combien sommes-nous, chaque jour, à lire sur notre paquet ce terrible « Fumer tue » encadré proprement en noir sur fond blanc, avant d'ouvrir, impassibles, le blister ? Fumer tue, oui, mais jamais dans l'urgence. La maladie sait attendre, c'est là toute sa force.

En ce qui me concerne, elle s'est montrée discrète, patiente. Elle a donné raison à mon inconséquence pendant toutes mes années de tabagisme. J'ai tout stoppé il y a cinq ans. Aujourd'hui, j'ai fait l'hypothèque de ma belle assurance, mais il est un peu tard. Évidemment, j'ai beaucoup de questions à poser au médecin. J'aimerais entendre la vérité mais une vérité tolérable, qui ne cisaille pas ma détermination. Depuis les résultats de ma radiographie pulmonaire et l'annonce de ma maladie par mon médecin traitant, toutes mes journées ont été consacrées à des recherches nerveuses sur le net. J'ai lu tellement d'informations que je m'y suis perdu... J'ai peur aussi de ce que j'ai lu.

Le médecin nous précède dans le corridor avant de nous laisser entrer dans son bureau, une pièce neutre et exiguë, grège, au mobilier minimaliste, humanisée par de nombreuses cartes épinglées aux murs : des malades souriants, sans doute en rémission, entourés de leurs proches. Des cartes où sont écrites de manière récurrente et réconfortante cinq lettres d'or : merci. Leur nombre me rassure. Aujourd'hui, dans le contexte de cet hôpital, je commence à mesurer le poids de ce simple mot, si galvaudé. Combien de mois de ma vie, combien de sacrifices serviront de salaire à ma guérison ? Combien de temps avant de connaître la grâce d'être épargné ? Combien de temps avant de poster, moi aussi, une carte qui mettra un terme soulagé aux soins ?

Le médecin décroche le téléphone pour prévenir qu'il ne prendra plus d'appel. J'apprécie sa disponibilité. Il me touche l'épaule de la main et nous invite à nous asseoir.

— Monsieur Nehring, votre médecin traitant vous a recommandé à moi. Je serai désormais votre interlocuteur privilégié pendant toute la durée des soins. Je suis le docteur Colombani, en charge de l'unité d'oncologie thoracique. Je tenais avant tout à vous dire que je comprends le désarroi et les interrogations provoqués par l'annonce de cette maladie. Vous devez être tous les deux déroutés. Je serai présent avec mon équipe pour vous apporter tout l'éclairage, tout le soulagement et toutes les perspectives possibles. Nous avancerons plus efficacement ensemble.

— Merci docteur. L'annonce de mon cancer nous a littéralement assommés avec mon épouse. Nos enfants ne sont pas encore informés, nous tenions à y voir plus clair avant de leur en parler. C'est difficile. Personnellement, je n'ai pas encore réalisé l'impact que la maladie va avoir sur ma vie et celle de ma famille, je ne parviens plus trop à réfléchir.

— Face au grand stress d'un diagnostic de cancer, il est normal que vous passiez par des étapes difficiles, de sidération, mais elles ne dureront pas. Votre corps et votre esprit vont apprendre à organiser leur défense. Vous devez projeter toute votre énergie dans la guérison. La survenue d'un cancer a toujours un impact important sur la cellule familiale. Vous et vos proches allez devoir vous adapter au rythme des soins et à leurs conséquences. Les temps sociaux consacrés habituellement au travail, à la famille, aux loisirs sont bouleversés pour tous ceux qui vivent avec vous, aussi chaque membre de la famille doit retrouver ses repères. Vous devez vous recentrer sur vous, ce qui implique de vivre une nouvelle temporalité liée à vos besoins. Votre épouse vivra une autre temporalité, vos enfants encore une autre. À chacun son rythme, même si vos proches vont se fédérer autour de vous pour vous aider à lutter.

— Le diagnostic était inattendu, ce qui a été très violent pour nous. Aujourd'hui, nous souhaiterions avoir un éclairage très concret sur ce que nous allons vivre.

Naïs a résumé nos attentes, malgré leur profonde ambivalence : nous souhaiterions le plus de transparence et de vérité possible, sans que celles-ci n'altèrent mon espoir ni celui de Naïs. Douloureux exercice de voltige.

— Nous nous rencontrons à cet effet, monsieur et madame Nehring. Vous apporter des éléments de réponse clairs, entendre vos émotions, préparer l'avenir, vous accompagner dans votre projet de guérison constituent mes priorités. Voulez-vous que nous abordions ensemble le projet de soins ?

— Oui.

— Bien. Nous allons commencer très rapidement le traitement, chimiothérapie et radiothérapie, pour ne laisser aucune chance d'expansion à la tumeur. Je vous poserai un port-à-cath lundi prochain, ce qui permettra le début des soins la semaine suivante, début mars.

Mon cœur s'est serré.

— N'est-il pas possible de retirer la tumeur ?

— Non monsieur Nehring.

— J'ai lu que la chirurgie constituait le traitement de base de cette maladie.

— Puis-je vous demander les sources de votre information ?

— Internet.

— Si vous me permettez un conseil, évitez ce canal. Il est très anxiogène. Je comprends que vous soyez désireux de réponses claires. Beaucoup d'informations véhiculées sur le net ne sont pas fiables. D'autres oui, mais elles ne sont pas forcément intelligibles car elles nécessitent une véritable culture médicale. En outre, elles sont livrées brutalement aux internautes et ne tiennent pas compte des paramètres propres à chaque histoire. Ne perdez pas votre énergie sur ce terrain.

— Je cherchais simplement des réponses.

— Je vais vous répondre. Une exérèse n'est pas indiquée dans votre cas. Il existe deux types de cancer du poumon mais un seul se traite par chirurgie.

— Pourquoi ?

— Le cancer bronchique dont vous êtes atteint possède la particularité de se propager rapidement vers des régions éloignées du poumon. La chimiothérapie permet de traiter toutes les lésions, y compris celles que l'on ne verrait pas encore. C'est un traitement global. Heureusement, votre tumeur a été décelée rapidement. Elle est circonscrite au poumon droit, le degré d'extension est faible, ce qui autorise beaucoup d'espoir. Une radiothérapie concomitante traitera localement la zone atteinte et potentialisera les effets généraux de la chimiothérapie.

— Quelles sont mes chances de guérison ?

— Les statistiques sont des données très générales. Elles doivent être interprétées avec prudence.

Intuitivement, je comprends que cette réponse policée cache des statistiques très sombres. Mon ventre se noue.

— Vous éludez ma question.

— Vous ne devez pas vous focaliser sur des statistiques monsieur Nehring. Elles ne doivent être considérées que pour ce qu'elles sont, de simples chiffres, en aucun cas une prédiction.

— Le médecin a raison Olivier. À quoi bon toutes ces statistiques qui risquent de nous désarmer ? J'ai foi en toi. Je sais que tu ne céderas rien à la maladie.

Oui Naïs. Ne rien céder. Ne pas m'en tenir à des chiffres même si j'ai accusé l'éloquence de leur silence. Avancer et planifier la suite.

— Combien de temps durera ce traitement ?

— Un semestre.

— Vous avez parlé d'un port-à-cath. De quoi s'agit-il ?

— Il s'agit d'un petit boîtier implanté sous la peau en haut du thorax et relié à un cathéter, un tuyau souple et fin dont l'extrémité est posée dans une grosse veine près du cœur. La pose est réalisée sous anesthésie locale, vous ne sentirez rien. Ce dispositif restera en place tout au long de votre traitement et permettra d'administrer régulièrement des produits qui injectés dans des petites veines fragiliseraient vos vaisseaux et génèreraient rapidement des douleurs. Par ce biais, votre confort au moment des soins sera nettement amplifié.

— Ce boitier va-t-il me gêner ?

— Absolument pas. Il n'est pas gros, vous aurez, tout au plus, une petite voussure sous la peau. Il s'agit pour nous de vous faciliter les soins, de les rendre plus supportables, et non de provoquer une gêne supplémentaire. Le port-à-cath permet aussi d'avoir une activité physique, vous pouvez même vous baigner avec.

— Une activité physique ?

— Oui. Je reconnais que ce n'est pas l'option la plus facile mais je vous assure qu'elle est payante. L'exercice physique présente de nombreux bienfaits pour les personnes qui suivent un traitement. La fatigue induite par la maladie peut être favorablement remplacée par celle liée à un exercice physique respectueux des possibilités de chacun, croyez-moi. Il ne s'agit évidemment pas de pousser le corps au moment où la maladie l'affaiblit mais de le garder en mouvement. L'état général du patient s'en trouve sensiblement amélioré, le corps est significativement plus résistant. Les effets secondaires des traitements sont diminués, la toxicité des traitements également. Quels sports pratiquez-vous ?

— Du VTT, de la randonnée et des sports de combat.

— La maladie impose d'importants ajustements, c'est certain. Vous reprendrez certaines activités lorsque la maladie aura reculé mais il est important de mobiliser votre corps et votre esprit autant que possible. Résister à la maladie par ce biais offre des bienfaits psychologiques importants : un mieux-être, un sentiment de fierté et de réappropriation de votre corps, une plus grande confiance dans vos capacités de lutte, un moyen d'habiter votre corps au présent dans une activité positive et bénéfique. Les chances de guérison augmentent avec la pratique régulière d'un exercice physique adapté, toutes les études le prouvent. Si vous aimez marcher, pratiquez aussi régulièrement que possible cette activité, même de manière très modérée. Vous n'en tirerez que des bénéfices. Ecoutez vos envies et les besoins de votre corps.

— Vous avez parlé de chimiothérapie couplée à de la radiothérapie... Quels sont les effets secondaires de ces thérapies ?

Naïs a anticipé mes questions d'un ton presque neutre, en mordillant pourtant sa lèvre inférieure de manière rageuse.

— Les effets secondaires de la chimiothérapie varient selon les protocoles, les dosages et les malades. De manière fréquente, on peut observer des nausées et des vomissements, de la diarrhée, de la fatigue, des douleurs musculaires et articulaires, une baisse des globules blancs, des globules rouges et des plaquettes. La peau s'assèche. Elle peut prendre un aspect un peu cartonné. Vous perdrez temporairement vos cheveux, vos cils, sourcils et poils. C'est un cap difficile car il révèle à tous la maladie. Il vous faudra apprivoiser votre nouveau visage.

— Je me couperai les cheveux très courts avant la chimio. Ce sera moins spectaculaire pour mes enfants que de me voir perdre mes cheveux par mèches entières. Et puis, cela me donnera le sentiment de maîtriser la perte de mes cheveux plutôt que de la subir. Les autres m'importent peu, je ne crains pas leur regard.

— Vous avez raison. Quoi qu'il en soit, sachez que vous serez sous contrôle permanent. Nous veillerons à réduire tous les effets secondaires que vous pourriez subir par une médication adaptée. Certains peuvent même être évités grâce à des traitements préventifs ou à des conseils pratiques. Quant aux effets de la radiothérapie, la réaction la plus fréquente ressemble à un coup de soleil. Cette rougeur laisse progressivement place à une coloration brunâtre qui finit par disparaître. Une douleur à la déglutition peut apparaître également, ainsi que des nausées et des vomissements. Là encore, vous pouvez être soulagé.

Le médecin s'est montré objectif et transparent. Trop peut-être. Je ne m'étais pas préparé à ce sombre inventaire. Je ressens un vide effroyable, comme si un huissier venait de procéder en quelques minutes à la saisie implacable de tous mes meubles.

— Excusez-moi d'avoir été aussi direct, je vous ai peut-être secoué, reprend doucement le médecin.

— Je vous ai poussé à l'être.

— Je sais que toutes ces informations sont difficiles à assimiler d'emblée. Nous aurons de multiples occasions de discuter, de mettre à plat les différents aspects de la prise en charge de votre maladie. Vous ne trouverez pas toutes les réponses aujourd'hui. Laissez-vous du temps. Ne vous laissez pas submerger par le doute, vous débutez vos soins et devez croire en vous.

— Je m'en veux tellement. Quel gâchis...

— Monsieur Nehring, votre maladie nécessite la mobilisation de toutes vos ressources. Ne les dispersez pas, faites face à cette nouvelle réalité en faisant preuve de bienveillance à votre égard. Vous n'avancerez pas dans la culpabilité. Avez-vous d'autres questions ?

— Non. Nous avons reçu beaucoup d'informations aujourd'hui. D'autres questions viendront sans doute mais pour le moment nous avons besoin de digérer tout ça.

— Nous n'avons plus de questions. Nous vous remercions du temps que vous nous avez consacré.

Naïs vient de mettre un point final à ce premier entretien, d'une voix humide et éraillée, déformée par le trouble. Le cœur en crue. Avec une politesse qui me transperce. J'ai mal, comme elle. J'ai peur, comme elle. Envie de tout casser.

L'annonce de la maladie, le détail morne des soins, le manque sinistre de perspectives. Autant de coups en pleine figure. Mon poing vient de s'écraser contre le miroir de l'ascenseur qui nous ramène dans le hall de l'hôpital. Je sens une décharge puissante.

— Arrête Olivier !

Naïs saisit ma main et l'enveloppe d'un mouchoir en papier. De petites nervures rouges filent sur la cellulose.

— Je te demande pardon. Une pulsion. Un trop-plein. Il fallait que j'évacue ma colère.

— On va s'en sortir chéri.

Naïs pose doucement sa tête et la soie de ses cheveux sur ma poitrine. Je resserre l'étau de mes bras sur elle, le menton posé sur le sommet de son crâne. La semaine prochaine, je ne pourrai plus la tenir ainsi contre moi : sous ma peau, se tiendra cyniquement l'obstacle à peine visible d'une petite voussure circulaire...

(Ambre, repli)

Je ne peux plus attendre. Dix jours sans aucune nouvelle d'elle en dépit des messages laissés sur son répondeur. J'ai appelé son bureau ce matin : une jeune femme au standard, laconique, m'a informée qu'elle n'y travaille plus depuis trois semaines. La dernière fois que nous avons discuté au téléphone, elle avait donc déjà quitté son poste et ne m'en avait rien dit.

J'avais trouvé sa voix maussade, aussi grise et froide qu'une pluie d'hiver qui pleure dru sur les carreaux. Je lui avais conseillé de lever le pied au travail, elle avait acquiescé, docile...

J'aspire une dernière bouffée, quelques millimètres de papier avant le filtre. Le tabac me brûle, amertume en bouche. Je jette le mégot en grimaçant, l'écrase machinalement sous mon soulier. Première sonnette à gauche sur le tableau de la porte d'entrée. Silence. Je sonne à nouveau, tendue. Rien. Ce silence me ronge. Je sors de mon sac à main le jeu de clés de son appartement. « Je te laisse un jeu de secours. Je viendrai le prendre chez toi si je perds le mien » m'a-t-elle confié un jour. Je ne devrais pas. Merde...

J'ouvre la porte de l'immeuble, gravis les marches. Serrure capricieuse mais la porte finit par s'ouvrir.

— Ambre, c'est maman...

Je suis mal à l'aise mais je n'ai plus le choix. L'appartement, privé de lumière, n'a pas été aéré depuis des jours. L'air y est vicié. Machinalement, je me dirige vers la cuisine. Sous mes pas, j'entends le craquement de bris de verre. J'ouvre la fenêtre, les volets. De l'air...

Sur une moitié de la table bistrot, un fouillis nauséeux de bouteilles vides, de verres sales, de torchons maculés, quelques morceaux de pain rassis, des miettes... Sur l'autre moitié, tout a été raflé et projeté au sol. Verres brisés, bouteilles en plastique. Ce désordre m'inquiète. Cela ne lui ressemble pas.

— Chérie ? C'est maman.

Un silence lourd, à l'exception des bruits du dehors. J'ouvre le réfrigérateur. Il est vide, hormis quelques fruits blets et une casserole dans laquelle sèche un fond de pâtes.

Intuitivement, je me dirige vers la chambre. Mon cœur s'est emballé. Je saisis la poignée de la porte. Ambre est là... recroquevillée sur le lit, en position fœtale, lovée dans les gigantesques bras de son ours ébène. Sa peluche géante paraît aujourd'hui presque aussi grande qu'elle. Ambre est si frêle, contractée et repliée. Un oiseau que l'on aurait criblé de plombs. Je me baisse doucement vers elle et place mon index sous la base du nez. Souffle tiède et court, elle respire doucement. Vêtue de lingerie noire, ses lèvres maquillées de carmin, ses yeux outrageusement noircis de khôl et de mascara. Je détourne mon regard, gênée, et remonte un drap pudique sur sa poitrine. Elle a beaucoup pleuré. Ses yeux sont congestionnés, ses joues, ses tempes, les ailes du nez plâtrées de noir, ravinées de galeries grisâtres dessinées par des larmes. Les draps souillés d'auréoles sombres et mates. Sous les mèches fines de ses cheveux, je devine un bouchon d'oreille profondément enfoui dans le pavillon. Je me sens vide et impuissante, mes yeux se voilent.

Je cherche instinctivement près du lit la trace de médicaments. Rien. Je pousse la porte de la salle de bain. Mes poils se hérissent. Sur les carreaux en faïence vanille et aigue-marine qui couvrent les murs, Ambre a vomi des dizaines de « non ! » avec un rouge à lèvres carmin. Une véritable hémorragie. Le bâton gît dans le lavabo, écrasé jusqu'à la base. Mon sac, vite.

— Allô docteur, Mme Dalaë à l'appareil, je vous appelle à propos d'Ambre. Je suis à son domicile, elle ne va pas bien du tout, elle est complètement prostrée. Pouvez-vous passer la voir en sortant du cabinet ? Rue Horace Bertin oui... Je comprends, même tard... Je vous attends, merci.

(Ambre et Olivier, griefs)

— Heureux de te voir !

Alexandre m'a pris dans ses bras, comme un frère. Dans son étreinte, un mélange nébuleux de bienveillance, d'énergie, d'inquiétude et de désarroi : nous évoluons aujourd'hui sur deux rives opposées, lui du côté des bien portants, de la vie et des projets, moi sur la grève de la maladie, séparés malgré notre amitié par la dissymétrie grinçante de nos perspectives. Quoi que je fasse, la maladie ramène toujours à la surface, résurgente, la violence des représentations qui lui sont intimement liées même si ma rage de vivre s'emploie à la passer sous silence avec la même ténacité. Le cancer est là, dans chacun des gestes de ma vie, sur mon visage, dans mes pensées, dans mes étreintes. Entre moi et les autres, comme un mur.

Nos amis ont presque tous répondu présents à notre invitation. Aujourd'hui, cela fait quatre mois que le diagnostic est tombé, trois mois que j'ai commencé le protocole. Avec Naïs, nous n'avons pas parlé tout de suite de la maladie à nos proches. Les premiers jours, nous avons puisé dans notre couple le courage de faire face, nous nous sommes habitués ensemble à la morsure... Nous avons ensuite accompagné Tom et Myriam vers cette nouvelle réalité, lorsque les mots ont à nouveau été possibles. Nous avons découvert les séances de soins, pris de nouveaux repères, appris à connaître les infirmières, médecins, soignants qui gravitent autour de moi : mon cancer est une véritable entreprise. Maintenant que la maladie n'est plus une odieuse surprise mais une habitude qui ronronne malgré moi, maintenant que je ne m'étonne plus de vomir, de dormir, d'avoir mal au cœur, mal au ventre, j'ai besoin d'être entouré pour reprendre des forces et goûter la vie.

— Merci d'être là Alex.

— Je n'aurais manqué cette soirée pour rien au monde. Tu sais que je pourrais faire des kilomètres à genoux pour la tarte au chocolat-gingembre de Naïs.

— Tu peux t'épargner cette douloureuse gymnastique mon ami. Ton âme pieuse te mènera droit au paradis. Naïs a passé l'après-midi entier derrière les fourneaux, tu vas te régaler.

— Quelle sainte femme ! réplique-t-il facétieux, le croc aiguisé et la panse réjouie d'avance.

Il saisit plus sérieusement la peau de mes joues entre ses doigts et la considère une fraction de seconde avec le regard scrutateur d'un naturaliste devant un coléoptère qu'il ne reconnaîtrait pas.

— Dis-moi que tu arrives à te maintenir au niveau du poids. Il me semble que ton visage s'est un peu creusé.

— Je fais mon maximum mais j'ai perdu un peu plus de trois kilos. Le médecin me tanne sur la nécessité d'être stable à ce niveau mais la chimio dérègle complètement l'appétit et le corps. C'est compliqué d'avoir faim quand tu as mal au cœur, difficile de manger quand ta bouche est pleine d'aphtes ou de champignons, quand les saveurs sont modifiées. De simples odeurs de cuisine peuvent me retourner le cœur, j'ai mal au bide et mon corps se dépêche parfois de rejeter ce que je me suis appliqué à avaler avec un mal de chien. Je donne du fil à retordre à ma belle. Elle est comptable de mon poids au gramme près, un vrai cerbère ! Mais arrêtons de parler de mes contrariétés digestives, veux-tu ? Aujourd'hui, c'est la fête. Tu es le dernier que nous attendions, mets-toi à l'aise.

Alexandre s'est déchaussé, en habitué des lieux. Il serre Naïs dans ses bras avant de s'amuser à la décoiffer : l'âme d'Alex sera toujours celle d'un enfant, abritée dans un large costume d'homme. Personne ne s'amuserait plus à m'ébouriffer, mon crâne est aussi lisse qu'une bille de verre : en quelques séances, la chimiothérapie a brûlé méthodiquement poils et cheveux, j'ai pris l'habitude de me raser pour ne pas laisser courir les pitoyables fils de soie qui résistaient encore à la chimie. Avec mon crâne dégarni, ma peau irritée et rougie, mes yeux sans cils ni sourcils, je ressemble maintenant à un Ouakari chauve. Même si je ne suis pas d'une nature coquette, souffrir dans le miroir le spectacle de ma transformation physique est devenu une véritable épreuve...

— Mes amis, merci d'avoir répondu à l'appel. Votre présence me fait un bien fou, ainsi qu'à Naïs. Je vous propose de passer dans le jardin, il fait vraiment chaud ce soir et nous serons mieux sous les arbres. Prenez vos verres et suivez-moi !

Derrière le rideau de ma cuisine, je les ai tous vus, joyeux et sonores, s'installer dans le jardin. Mon voisin arbore depuis quelques semaines une nouvelle coupe, crâne intégralement rasé, totalement ridicule. Peut-être ambitionne-t-il de ressembler à une star du foot, le talent en moins. Quelqu'un devrait avoir le bon goût de lui dire que sa tête lisse est une parade médiocre : cela ne lui donne pas bonne mine.

Je les regarde tous, écœurée par l'abondance de leurs caresses, leur proximité, leur gaieté. J'observe mon voisin, dégoulinant de sucre et d'égards. Sa petite vie parfaite, lisse comme une décoration de vitrine, sans souci, sans aspérité, sa famille unie, ses amis aussi pressants que des guêpes sur les restes d'un repas me donnent un haut le cœur... Mes repas, je les prends seule depuis des mois et j'ai la politesse de ne déranger personne avec mes rires.

— À votre santé !

Mes amis ont paru gênés par cette formule. J'aurais dû préférer des mots plus neutres pour trinquer. Alexandre, lui, n'a pas hésité à faucher le tabou :

— Nous portons tous un toast à ta santé Olivier. Ce soir, nous sommes tristes et heureux. Tristes de te savoir dans l'épreuve. Heureux de notre présence à tes côtés. Heureux également de compter parmi les gens que tu aimes. Fiers de ton courage. Bientôt, tu nous referas le plaisir de ta jungle capillaire unique. Guéris vite. À ta santé !

O uchi gari...

Tout le monde a formulé le même vœu, en souhaitant derrière la surface transparente de son verre une éclaircie durable de ma santé. Nos verres tendus ont formé une pyramide, une alliance symbolique entre le Ciel et la Terre. Je me suis mis à espérer que cette épreuve finirait bientôt. Après trois mois de soins, je pourrais avoir déjà accompli la moitié du parcours. La délivrance serait proche, presque tangible...

Aujourd'hui, je n'ai besoin de rien d'autre que de la présence de ceux que j'aime. Recouvrer ma santé est mon seul objectif. Je me dépouillerais de tout ce que je possède si cela pouvait accélérer ma guérison. Deux poumons sains, un corps robuste et des projets que rien n'entacherait, le bonheur en majuscule...

Que diable fêtent-ils ? Ils boivent, se hèlent, se réconfortent, s'embrassent, indécemment agglutinés. Leur légèreté m'agace. Je sens la sueur perler le long de mon dos. Mes cheveux collent sur le front et dans la nuque. J'étouffe dans l'appartement. Le thermomètre de la cuisine affiche vingt-neuf degrés. Je ne peux même pas ouvrir mes fenêtres pour laisser entrer un peu d'air...

— Tout le monde se serre ! André, Lili, vous êtes hors champ. Tom, assieds-toi sur les genoux de papa.

— Moi aussi, je vais m'asseoir sur les genoux de « papa », bouffonne André avant de venir écraser ma cuisse restée libre de tout son poids de demi d'ouverture.

Au moment où ma cuisse rend grâce, je me rappelle de cette curiosité mathématique qui me laissait si perplexe lorsque j'étais écolier : un kilogramme de plumes est aussi lourd qu'un kilogramme de plomb. Irréfutable. Pourtant, si l'on m'avait demandé de choisir, enfant, entre les deux plateaux, j'aurais incontestablement fait le choix des plumes. Un kilo de plomb, c'est plus lourd mentalement. André est musculeux mais il ne pèse objectivement guère plus que moi. Quatre-vingt-dix kilos à la louche. J'expire, je tente un sourire détaché pour la photo en espérant que Naïs fera vite. Tom se pend à moi comme une liane, André dépose un baiser de cinéma sur mon crâne chauve, je sens derrière moi deux doigts qui me chatouillent. Sans doute Myriam signe-t-elle dans mon dos et pour moi le v de la victoire. Protégé par les symboles ésotériques de mon ange gardien... tout va bien.

— Cheese !

Non ma chérie, pas « cheese ». Cheers. Santé ! Enfant, j'étais agile pour la pêche au crabe. Celui-là ne fera pas exception...

(Olivier, traitement de seconde intention)

— Bonjour madame, nous avons rendez-vous avec le docteur Colombani, M.et Mme Nehring.
— Bonjour, un instant. Rendez-vous à 15h, oui. Le docteur a un peu de retard, installez-vous dans la salle d'attente.

Je suis fatigué d'attendre. Fatigué de cette salle impersonnelle, grise, inhospitalière. De ces magazines de santé racornis, toujours les mêmes depuis des mois, de ces articles qui transpirent jusqu'à l'overdose un monde d'hygiène, de sommeil et d'équilibre. Fatigué de ces propos médicaux abscons et indigestes, de toutes ces injonctions qui font de moi un objet plus qu'un homme : asseyez-vous, suivez-moi, allongez-vous, ne bougez plus, rhabillez-vous...

Une nouvelle fois, m'asseoir dans cette salle d'attente figée et hors du monde. Espérer le déclin de la maladie. Entendre que non, la maladie n'a pas reculé M. Nehring. Elle avance au contraire, se porte bien, ne s'est jamais aussi bien portée. Apprendre à ravaler petit à petit et poliment mon ambition de vivre...

— Je te sens très préoccupé chéri. Ça va aller. Cette fois-ci, nous sortirons avec de bonnes nouvelles, j'en suis convaincue.

Naïs, ma guerrière, je te suis si reconnaissant de te battre pour deux. J'aimerais que ta force l'emporte sur mes doutes. Malheureusement, nous n'avons pas une bonne main, tu bluffes. Je le ressens chaque jour dans mon corps. Carte haute pour nous, absence de figure. Quinte flush pour l'adversaire.

La première fois que je t'ai vue, tu paraissais presque fragile. Ne jamais se fier aux apparences. Aujourd'hui, tu es mon Atlas, ma première vertèbre cervicale. Je ne saurais pas lutter sans toi.

— Je t'aime, ma petite femme.

Naïs penche sa tête sur mon épaule et m'encourage d'un sourire. J'aimerais pouvoir la protéger de tout ça. Je la tire au fond de l'eau malgré moi. Je ne suis plus qu'une algue accrochée à sa cheville qui chaque jour resserre davantage l'étreinte.

— M et Mme Nehring, M. Colombani va vous recevoir, veuillez me suivre.

Je me lève. Sur mes épaules, une couverture de plomb. De la peur, de l'espoir qui n'ose plus se dire, des pourquoi, de la lassitude. Naïs me précède dans le couloir, je regarde sa silhouette fine, ses fesses pommelées. Il y a quelques mois, il m'était impossible de résister à son beau cul haut perché. Mes mains auraient fourmillé d'envie de tapoter sa croupe. À force de chimie et de rayons, mon désir s'est dissous plus sûrement qu'un comprimé effervescent.

— Bonjour Olivier, bonjour Mme Nehring.

Privilège sombre de notre relation régulière, le médecin oscille depuis peu entre mon prénom et mon patronyme. Instinctivement, je m'interroge sur le sens de cet emploi aujourd'hui même. Si j'étais à sa place, aurais-je plus de familiarité avec mes patients au moment de laisser tomber le couperet ? J'en doute. Un tu plutôt qu'un vous, un prénom plutôt qu'un nom n'auraient pas la vertu d'adoucir la sanction, cette proximité n'augure certainement rien d'heureux ou de malheureux.

— Bonjour docteur. Que donnent les derniers examens, la tumeur a-t-elle régressé ?

Ma phrase était directe, sans doute trop. Mon interlocuteur s'assoit, me sourit brièvement, croise les jambes avant de garrotter ses aines fermement des deux mains, le buste en arrière. De petits gestes en apparence, des refrains inconscients. Je comprends déjà que les nouvelles ne sont pas optimistes. Et pourtant, de la même manière que j'ai feint de croire jusqu'à présent à une guérison que je ne ressentais pas du tout dans ma chair, le médecin feint de ne pas avoir sa besace vide.

— Je dois vous parler franchement Olivier. Les examens ne montrent aucune amélioration, la tumeur ne s'est pas réduite d'un millimètre. La radiothérapie n'a pas donné les résultats escomptés mais nous ne baissons pas les bras. Rien de désespérant, il suffit de trouver le bon angle d'attaque. Nous allons, ensemble, convenir d'un nouveau protocole.

Six mois de combat pour rien. Je le savais déjà. Pourtant, ça me fait mal de l'entendre, aussi mal que si mes doutes ne m'y avaient pas préparé. La violence d'une collision ne s'anticipe pas. Je n'ose pas me tourner vers Naïs. Je te demande pardon chérie, je ne suis pas parvenu à guérir. Je te l'avais pourtant promis. Ta main tremble sous mes doigts. Je ne ressens que les ondes de surface. À l'intérieur, les ondes de corps sont en train de te ravager. Ne pas te regarder. Ne pas pleurer. Ne pas céder à l'envie de hurler. Expirer profondément.

— Êtes-vous sûr de vous docteur ? Il est impossible que la tumeur n'ait pas réagi au traitement. Mon mari s'est montré exemplaire.

Naïs, mon ange, tu ne veux rien céder à la maladie, surtout pas ton espérance. Tu veux croire que l'évidence peut être retournée, comme tu réexpédierais un article qui ne conviendrait pas. Cet argument nous paraîtrait risible dans une autre situation. Aujourd'hui, il ne l'est pas. J'ai supporté une chimiothérapie de plusieurs mois, doublée de six semaines de radiothérapie. Cinq séances de rayons hebdomadaires. Diarrhée, nausées, perte des cheveux, des sourcils, des poils, anémie, mycoses, perte du sommeil, perte de poids, perte de l'appétit. Tu as raison, la maladie doit reculer, je me suis montré assez coopératif et endurant. J'ai payé le prix. Donnant-donnant.

— Mme Nehring, je comprends votre réaction. Sachez que je me bats à vos côtés et que nous tenterons tout ce qui est possible. Nous avons collégialement étudié le dossier d'Olivier cette semaine pour décider de la suite à tenir. Nous souhaiterions mettre en place une nouvelle chimiothérapie. Une nouvelle molécule, administrée une fois par semaine en hôpital de jour, pendant douze semaines. Elle donne des résultats prometteurs. Je souhaite votre confiance dans ce projet, il est impérieux d'y croire et de le porter avec toute votre énergie et votre détermination. Il serait préférable de commencer rapidement. J'ai programmé la première séance mercredi prochain, qu'en pensez-vous Olivier ?

Je pense que mon corps accuse l'épuisement de six mois de traitement, j'ignore s'il aura la force d'encaisser cette nouvelle chimiothérapie. Je pense que Naïs reçoit coup sur coup depuis l'annonce de ma maladie, que ses rêves, ses espoirs, sa volonté sont passablement tuméfiés. Suis-je responsable de l'échec de ce premier traitement ? Mes doutes et mes angoisses y ont-ils participé ? Je ne peux rien dire de ce que je pense parce que mes plaintes, mon accablement insulteraient l'acharnement de tous ceux que j'aime à me soutenir.

— Mercredi prochain. Nous sommes un peu sonnés, nous pensions vraiment que ces mois de soins suffiraient.

— Je sais Olivier. J'en suis navré. Nous devons maintenant explorer d'autres voies. Courage.

Poings en avant. Protéger ma tête. Ne pas rester à terre.

(Ambre, le marché)

Nue devant mon pèse-personne. Imminence du choc. Je ne possède plus aucune énergie, mes jambes sont éteintes, sèches comme deux petites branches mortes. Sentiment confus de devoir monter sur un ring en ayant la conscience aiguë et douloureuse de ma défaite. Je me trouve sur la rampe d'accès. Mon redoutable adversaire me nargue, le visage mauvais, dédaigneux. Il me mettra à terre dès que j'aurai passé les cordes. Ma peur est chevillée au ventre. Je vois bien que je ne suis plus une femme, mes formes se sont cyniquement atrophiées. Mes seins, mes fesses ont fondu. Je suis une petite fille, une ombre, plus personne. Il me faut pourtant le courage d'affronter ce que je suis devenue. Coup de gong, je me lance nerveusement.

Quarante-sept kilos pour un mètre soixante-dix. Lead puissant. Ça fait mal. Très mal. Je redescends de la balance, sonnée, passe un long pullover et un jean. Grâce aux médicaments que je prends en bonne élève depuis quelques mois, mon état s'est stabilisé. J'ai même repris le travail, ça m'aide à avancer. Le hic, c'est l'absence totale d'appétit. Je dois me ressaisir. Je me mets en quête d'un papier, d'un crayon et tente d'amorcer une liste de courses. Je ne me laisserai pas mettre KO. Mon appétit m'a quittée en même temps que Léo. À force de me nourrir de manière chaotique, j'ai perdu le sens de ce que je peux désirer manger. Ma bouche ne goûte plus aucun plaisir. Je dresse la cartographie de mes besoins, glucides, protéines, lipides… La feuille reste vierge, insensible à mes efforts. Je plonge en moi-même et tente de retrouver les saveurs vitales qui ont jalonné mon enfance, les plats de ma mère lorsque nous nous retrouvions à table, crocs et cœurs en fête, dans l'ambiance pétulante des repas dominicaux. Je dois retrouver la force de me raccrocher à l'aliment.

« À table ! » Ma serviette nouée autour du cou, j'aperçois ma mère qui sort de la cuisine, vêtue de son tablier rouge, madone magnifique. Je dois avoir dix ans. Mon père affiche le sourire radieux d'un homme dont tous les sens promettent d'être bientôt comblés. Dans les bras de ma mère, ce plat en faïence sable sonne les trois coups de nos agapes hebdomadaires. Le plat brûle et diffuse comme un encens les fumets renversants des tortelloni aux blettes. L'onctueux de la pâte, la texture divine et filandreuse des feuilles, l'acidulé de la tomate. Maman pose le plat au centre de la table, les rires se sont arrêtés, plus personne ne bouge, chacun attend de recevoir l'hostie consacrée de notre communion. Religieusement, papa avance son assiette le premier, privilège du patriarche que nul n'aurait l'idée de contester. Chacun des tortelloni quittant dans sa sauce la corne d'abondance sable offre alors l'engagement du paradis.

« À table ! » Serviette en plastron, j'observe ma mère qui sort de la cuisine, lumineuse dans son tablier sang, portant la soupière en porcelaine immaculée. Dans cet ostensoir, les passatini attendent sagement, au cœur de leur bouillon volcanique, les effets enzymatiques de notre dégustation. Odeurs combinées du pain rassis mixé en chapelure, de la noix de muscade, du parmesan râpé et du bouillon de poule. Ma bouche se gorge de salive. Dans mon assiette à soupe, les passatini se déversent en une pluie de minuscules serpentins. Le repas débute en costume d'Arlequin.

« Ambre, viens goûter ! » J'ai six ou sept ans. Je quitte mes poupées de chiffon et mon statut de Gulliver pour reprendre ma place de lilliputienne à la table des grands. Mon grand-père paternel, roc de cent vingt kilos, trône au milieu de l'assemblée et régale l'appétit familial de ses souvenirs de mineur de fond. Je m'assois sur ses genoux, suspendue aux soies lumineuses de ses mots. Abattage, front de taille, boutefeu, cage, galerie, coup de grisou. Tous ces mots me nourrissent avec délectation et résonnent comme un merveilleux bestiaire. À côté de moi, mon arrière-grand-mère contemple ma dévotion avec la malice de ses quatre-vingt-dix ans, d'un sourire totalement édenté, bienveillant et radieux. Ma mère et ma grand-mère sortent de la cuisine, complices, dans une odeur de café et de beurre. Leurs rires tintent à la manière d'un carillon. Au bout des ongles vernis de ma mère et sur la grille à tarte en inox resplendit une pâte brisée baignée d'or sur laquelle des quetsches s'ordonnent en rang serré. Sous la lame du couteau, les prunes lie de vin laissent entendre le craquement de leur peau caramélisée. Café servi, mon arrière-grand-mère débouche solennellement la bouteille de mirabelle et verse dans chacune des tasses fumantes quelques gouttes de liqueur…

« Chérie, c'est l'heure de goûter ! » J'ai huit ans. Recroquevillée en tailleur derrière le verre fumé de la table basse, j'affronte un géant au jeu de dames. À cette heure, mon univers tient dans la découpe de cent minuscules cases entre lesquelles mon cerveau est mis à la potence. La partie est presque finie. Mon père a joué sans complaisance, en adversaire qui jouit des derniers sursauts de ma perte mais respecte mon intelligence et assoit à chaque manœuvre toute sa supériorité mentale. Il vient d'effectuer une rafle magistrale et a laissé mon jeu exsangue. Il me fixe d'un regard triomphant, avec un sourire malicieux. J'ai le trait mais ne sais quoi jouer. Un de ses pions est déjà couronné, deux autres s'offrent une voie royale vers la ligne de promotion. Construction labyrinthique trop complexe pour le petit rat que je suis : je ne parviens encore jamais à infléchir le cours de nos différentes parties et mon père n'en gagne que plus de charisme. Il a plus d'étoffe, à mes yeux, qu'un héros de Comics. Ma mère nous rejoint avec, dans ses mains, mon salut : une brioche époustouflante, gonflée comme une joue dodue, aux couleurs de miel et de sève. Elle pose le plateau sur la table et entame la découpe. Sous la peau lisse et laquée, se dévoile une mie fine, aérée, fondante et moelleuse, colorée comme un soleil et secouée encore des trémulations de la cuisson. L'été est soudain entré dans l'appartement et se donne à manger. Mon père me regarde tendrement et me sauve de l'aveu de ma défaite en annonçant que nous ne pourrons pas poursuivre la partie : « Une brioche pareille n'attend pas… »

Je dois retrouver le chemin de la nourriture, pour moi, pour ceux qui m'aiment, c'est impérieux. J'ai honte de mon corps. Je me chausse, prends un sac et referme l'appartement. Je vais me rendre au marché, sur la place. En descendant la cage d'escalier, je remarque froidement que mes pas ne produisent plus le moindre bruit. Corps sans pesanteur, maigre spectre sans éclat ni présence. En bas de l'immeuble, la fraîcheur me saisit. L'ensemble de mes poils se hérisse, je frissonne et sens avec ironie mes mamelons pointer sous mon pullover. Mes seins ne se sont plus dressés depuis que les mains de Léo m'ont abandonnée. Ils me rappellent à cette heure et de manière âpre que je suis un être sexué duquel l'envie s'est totalement retirée… À l'angle de ma rue, je rencontre l'un de mes voisins de quartier. Cet homme m'a longtemps et régulièrement talonnée de son désir et je redoute plus que tout à cette heure le contact physique. J'aimerais pouvoir l'éviter mais il avance vers moi, à quelques mètres. Ce tête-à-tête inattendu me met mal à l'aise. Je vais sans aucun doute devoir subir à nouveau ses élans libidineux exécrables : « Je me languissais de vous Ambre », « Vous me donnez l'appétit d'un ogre », « Cette nuit, j'ai pensé à vous ». Art consommé de la litote pour me dire que ses plaisirs solitaires me sont redevables. Chapelet d'ordures enrobées sous le sucre d'un berlingot, indélicatesse outrée par la salacité de l'œil.

Au moment où nous nous retrouvons face à face, je constate avec surprise que son regard me traverse sans s'arrêter, visiblement indifférent à ma présence. Paradoxalement, ce qui devrait me soulager amplifie mon mal-être et mon regard le soutient de manière réflexe. Que se passe-t-il ? M'a-t-il reconnue ? M'a-t-il seulement vue ? Mon voisin me croise en me frôlant, sans décocher vers moi le plus insignifiant ni fugitif des regards. Je me retourne quelques secondes sur lui, perplexe, avant de reprendre ma marche. Je ramène le col de mon pullover sur mon visage pour y plonger mon nez et me trouver plus au chaud.

Je longe la rue, les murs graffités de l'école où quelques dizaines d'enfants accompagnés attendent l'ouverture des portes. Certains semblent chétivement porter leur cartable comme je porte ma peine, petits escargots multicolores qui croulent sous le poids de leur trop lourde coquille. D'autres escaladent imprudemment les barrières qui les séparent de la chaussée, déversant déjà leur trop-plein de vigueur sur ces barres fixes improvisées. Auront-ils autant d'énergie à apprendre qu'ils en manifestent à cette heure, une fois les portes des classes refermées ? Les parents se sont agglutinés en grappes hétérogènes, laissant à l'écart quelques personnes complètement isolées.

Je dépasse l'école, rase les commerces qui s'égrènent lentement dans leur ordre immuable : serrurerie, boulangerie, laboratoire d'analyses médicales, pharmacie, salon de coiffure, primeur. Une voisine de quartier, sexagénaire sympathique qui promène matin et soir au bout de sa laisse son unique compagnie et univers, me sort de mes pensées désabusées. Son Yorkshire semble mal en point, boitillant, entravé dans une collerette en plastique blanc qui réduit sa gueule aux dimensions d'une tête d'épingle. Il paraît si amoindri et vulnérable que, par un effet d'ondes, sa fragilité a terni le visage pourtant si constant de sa maîtresse. Triste, son visage s'est un peu plus racorni, déshydraté comme la surface molle d'une pomme. Je m'entends lui dire que « ça va aller », un peu surprise, en m'interrogeant sur la destinataire réelle de mes mots. Ce petit bouchon d'optimisme incrédule, à qui est-ce que je le lance ? À cette femme ou à moi-même ? Suis-je encore seulement capable de comprendre et porter l'émotion d'une autre ? Ma voisine me rend mon regard, assorti d'un sourire sans ressort. Mais ce que je lis à cet instant dans ses yeux m'assène un nouveau coup : le maigre sourire qu'elle me tend est un sourire social, de ceux que l'on porte comme un masque pour se prémunir de la curiosité intrusive des gens, une grimace courtoise qui rend à distance l'intérêt de vernis dont les autres nous font l'aumône. Elle semble s'interroger en même temps sur mon identité, comme si elle ne parvenait pas à me resituer. Uppercut. Mon sternum me lance. Je ne l'ai pas croisée depuis quelques semaines mais nous avions l'habitude d'échanger quelques mots tous les matins. Sans être intimes, nous avons ponctuellement été chacune pour l'autre le réceptacle de confidences que seule la relation avec une personne étrangère autorise. Curieux comme le manque de familiarité peut parfois pousser à sortir de soi. Elle promenait son chien aux heures où je partais travailler, avec l'assiduité et la fébrilité d'une âme qui, à travers nos bribes de conversation, étanchait un peu sa soif aride de lien amical ou tout au moins social. Cataplasme posé sur une plaie béante. Aujourd'hui, je ressens avec étrangeté ma propre solitude et ma transparence. Je me damnerais pour boitiller au bout d'une laisse. Ne plus exister pour soi-même n'implique pas de ne plus exister pour les autres. Je me sens vide.

J'arrive sur la place, le marché est comble. Autour de la place, une bobine continue de voitures en mouvement ou garées anarchiquement en double file. Au moment où j'avance sur le passage piéton, pictogramme vert, un véhicule me refuse la priorité. L'automobiliste crache un « salope ! » hargneux derrière sa vitre et poursuit sa route dans un concert d'incivilités. Mes nerfs sont à vif. Terminer mes courses au plus vite pour rentrer. Sur la place, les forains crient à la volée les affaires du jour, pendant que des femmes, convaincues de l'urgence de s'acheter maintenant ce qu'elles n'auraient jamais eu l'idée de s'acheter il y a seulement une heure, jouent des coudes avec frénésie pour être les premières à se prévaloir de leur sens aigu des affaires. Envie de vomir. Cette course à la possession me répugne. Je me dirige de manière automatique vers l'étal du producteur où j'ai l'habitude d'acheter mes fruits et légumes. Impossible d'avancer rapidement. Les personnes autour de moi forment un tissu dense qui m'impose son rythme et ses déplacements. Mouvement péristaltique. Impression nauséeuse d'être l'objet des contractions successives d'un gigantesque boyau humain. J'ai envie de crier. Heureusement, le boyau se relâche et je parviens à m'extraire.

— Servez-vous mademoiselle !

Les temps sont durs. Il y a quelques mois, cet homme massif et extraverti aurait aiguillonné mon appétit à grand renfort de « ma belle ». Naturel et franchise des mots, ongles terreux, sourire solaire, tempérament terrien et pragmatique, rien ne manquait à mon plaisir lorsque je venais m'enquérir des récoltes de son potager. Aujourd'hui, je me dépêche de trouver le contenu de mon panier.

C'est fini. Maintenant, reprendre l'allée en sens inverse. Les personnes qui me devancent tentent vainement d'avancer et je sens à nouveau la nasse humaine qui se referme sur moi. Un caillot qui bouche une artère, voilà ce que nous sommes. Je n'en peux plus. J'étouffe. Je serre contre moi mon filet, maigre bouclier végétal, pour me protéger de l'agression. Tous ces bras, ces coudes, ces dos, ces odeurs aigres de transpiration mêlées aux parfums m'oppressent. Envie de hurler. Le marché est devenu un foyer chaud et grouillant de vers. Une pièce de viande nourricière sur laquelle nous nous pressons par centaines. Mon abdomen se contracte de manière involontaire. Salive amère en gorge. Je vais vomir si je ne parviens pas à me libérer rapidement. Je m'entends crier : « Je dois passer ! », à plusieurs reprises, sur un ton de détresse et de colère qui laisse interdites toutes les personnes amassées autour de moi.

À ce moment précis, une main finit de m'agresser en se posant sur mon omoplate. Je me retourne. Mon voisin du rez-de-chaussée, que je n'ai plus croisé depuis des mois, porte sur moi son regard doux et empathique. Il me sourit. Je le déteste avec sa petite famille idéale, pour incarner tout ce à quoi je n'ai plus droit :

— Ça ne va pas ? Je peux vous aider ?

Antiphrase ironique, je hurle :

— Bien sûr que vous pouvez m'aider ! Vous pouvez me sortir de cette merde ? Me porter jusqu'à mon appartement ? Non ? Alors foutez-moi la paix ! Je vais parfaitement bien, merci !

Mon interlocuteur accuse en ce moment le retour des jabs, leads et uppercuts que j'ai encaissés depuis ce matin. Mon agressivité le blesse et ça me fait un bien fou. Pouvoir enfin faire mal pour dégorger mes propres douleurs… Heureusement, le boyau humain se désenclave, je parviens à m'en extirper et cours pour rentrer chez moi avec le peu de jambes qu'il me reste.

(Ambre et Olivier, la rencontre)

Le cylindre de la serrure pivote sous ma clé. Même rituel tous les matins : je descends le cœur ferré jusqu'à ma boîte aux lettres, en priant d'y trouver un courrier de Léo, une explication, des regrets, un aveu, une promesse. Déplacements réflexes conditionnés à la venue du sac postal. Mes premiers gestes au réveil sont encore inlassablement pour lui : debout devant l'écran de l'ordinateur, j'effectue l'algorithme compulsif qui me conduit à ma messagerie électronique. Ni message ni pli. Dieu n'emploie pas les bons coursiers. Mon âme se heurte chaque jour, avec ponctualité, à l'absence de celui qui reste toute mon espérance. Petite tipule aveuglée, attirée par une lumière illusoire et qui finit par voler en rond autour d'elle jusqu'à épuisement.

Au moment où je m'apprête à remonter le colimaçon des marches, l'envie insidieuse de sonner à la porte de mon voisin m'arrête. Pour ne pas être l'objet de regrets amoureux, je n'en éprouve pas moins le remords de mon agressivité envers ce voisin que j'ai malmené au marché il y a quelques jours. « Faire souffrir est la seule façon de se tromper. » Phrase obsessionnelle qui tourne à la manière d'un vieux disque sur un gramophone. Pourquoi m'imposerais-je de reconnaître mes torts à un homme dont je n'espère rien et à qui je ne dois rien ? Malgré toute ma réticence, mon index se tend vers le bouton cuivré de la sonnette. J'attends quelques secondes, tiraillée entre les aigreurs de ma conscience et l'envie de fuir. Des bruits feutrés glissent sous la porte, un faible filet de lumière point derrière le judas et les bruits de pas se retirent, étonnamment. Judas… mot bien à propos pour cet homme grossier qui prétendait, il y a peu, me prêter secours et ne prend pas la peine aujourd'hui de m'ouvrir sa porte ! Je sonne à nouveau, sans réfléchir, contrariée par l'arrogance de ce désaveu. Les pas se rapprochent, j'entends le cliquetis de la serrure. Mon voisin apparaît dans l'encadrement, œil embué, port mal assuré, bonnet de laine marine roulé sur la tête. Il ne fait pourtant pas froid. Il semble éreinté, tenant à peine l'équilibre sur l'armature fragile de ses jambes.

— Bonjour. Excusez-moi de vous avoir fait attendre, le temps de passer un vêtement.

Je me sens bête. Vraisemblablement, je l'ai tiré de son sommeil : les boutons de sa chemise se sont empressés de mourir dans de mauvaises boutonnières et son vêtement, totalement asymétrique, pend largement du côté gauche. Sous le bonnet, un crâne rasé et veiné. Le visage gris et tiré, une forte lèvre supérieure qui enfle la bouche. La peau sèche et tannée, des yeux oblongs, pourvus de rares cils, écrasés sous des arcades épaisses et presque totalement lisses. Le sourcil balance et normalise les traits, il signe en quelque sorte l'humanité d'un regard. Ici, la rare pilosité le dénature et le rend curieux, sans équilibre. J'ai l'impression de découvrir mon voisin pour la première fois, à travers un miroir concave qui grossit toutes les incongruités de sa physionomie. Il y a quelques mois, ce n'était pas le même homme. Lui aussi me dévisage, perplexe.

— Je peux quelque chose pour vous ? m'offre-t-il doucement pour me sauver de l'engourdissement de mes mots. Depuis qu'il m'a ouvert sa porte, aucune parole n'est sortie de ma bouche. Ma langue, sèche et craquelée, est une terre stérilisée de ne plus goûter le moindre échange. Mon esprit bruit sous un flot permanent de pensées mais la parole, ce vecteur qui me rattache aux autres, n'a plus sa place. Mutisme surchargé de sens, de tensions, de douleurs. Logiquement, c'est à moi de parler. Je suis venue pour ça. En lieu et place d'excuses, je lui offre mon regard cru, sans détour, et mon silence. Je suis ridicule.

— Navrée de vous avoir dérangé dans votre sommeil. Je venais m'excuser pour mes propos au marché. Je me suis sentie agressée, j'ai mal réagi.

Une excuse qui porte le germe d'un reproche mais mon voisin ne semble pas s'en offusquer. Il pose sur moi un regard tendre et son visage s'éclaire d'un sourire immédiat et généreux, bordé de deux larges fossettes, qui le transfigure. Ce sourire, je ne l'attendais pas, ou plus.

C'est la vie qui jaillit magnifiquement et sans bruit à travers une rangée de canines, d'incisives, de molaires et de prémolaires. La vie qui claque et frappe un jeu de quilles. Je sens curieusement la membrane tendue de mon être se fissurer légèrement, griffée sans douleur, presque agréablement, par ce sourire qui m'est offert et je lui rends le mien sans combattre. Pâle, en demi-teinte, embarrassé mais le premier que je tends à quelqu'un depuis des semaines.

— Tu es belle quand tu souris. Ne reste pas dehors. J'allais justement me préparer un thé, me souffle-t-il délicatement en ouvrant grand sa porte afin d'accompagner son offre.

Tutoiement inopiné pour les deux étrangers que nous sommes.

— Vous avez certainement mieux à faire que de partager votre thé avec une voisine revêche.

Argument balayé d'un trait par un nouveau sourire lumineux et magnétique, doublé d'un regard malicieux, apparemment amusé de mes pauvres motifs, allégués sans conviction :

— Mon thé n'a jamais autant de saveur que lorsque je le partage avec une voisine revêche. Fais-moi ce plaisir, entre. Moi, c'est Olivier.

Je me surprends à faire un pas dans sa direction :

— Ambre.

La porte se referme sur moi et Olivier me harponne de son large sourire en laissant son regard courir librement dans ses pensées :

— C'est un très joli prénom, qui a de l'éclat. Suis-moi, mets-toi à l'aise.

Mon œil peine à s'adapter. L'appartement, endormi, a emprisonné sans vigueur le peu de lumière qui force encore les persiennes croisées. Dans le vestibule, un papier peint à colorier découpe sur la surface du mur de petits rectangles coiffés d'arabesques dans lesquels s'animent de vifs dessins d'enfants ou des photos punaisées. Je reconnais sur bon nombre d'entre elles mon voisin entouré d'êtres aimés, enfants, femme, amis, dans de multiples tranches de vie.

Je m'approche. Deux enfants rayonnants s'ingénient, sur une plage, à ériger sous leurs doigts inspirés les architectures débridées de leurs pensées. Ils ont modelé le sable dans leurs mains, l'ont tassé avec les pieds. Autour d'eux, les outils précieux et épars de leur chantier pharaonique : moules, seaux, pelles en plastique, branches de bois flotté, coquillages... Au centre triomphe un gigantesque château aux remparts granulaires, aux tours épaisses, orné d'extravagances géométriques, bordé de douves où l'eau de mer circule selon ses caprices réguliers en érodant progressivement la matière friable des murailles. L'honneur à vif, Olivier pose délicatement le donjon, grosse tour de sable humide et compressée, sous le regard béat de ses enfants.

Olivier, en portrait serré, plus jeune qu'aujourd'hui et physiquement très différent. Une cascade de boucles et de frisures brunes qui accrochent la lumière, des joues pleines. Il fixe l'objectif d'un œil goguenard, derrière des lunettes rondes fumées cerclées de métal bien trop petites pour son visage, et tire une langue démesurée qui lui couvre le menton...

Sa petite fille, au teint de porcelaine et au regard chardon bleu, pose de trois quarts, avec dans le tapis lisse de ses cheveux une magnifique fleur mandarine à bord denté. Entre ses lèvres, une paille colorée plonge dans le liquide chlorophylle d'une menthe à l'eau.

Ici, une table en fête qui régurgite une avalanche d'assiettes, de plats et de bouteilles vides. Autour d'Olivier, la masse rieuse de ses amis se presse pour entrer dans le champ trop étroit de l'objectif. Autant de vies unies par le liant inconditionnel de l'amitié au sein d'un clan sans hiérarchie, autant d'appuis, de forces.

La femme d'Olivier, soudée à lui, étendue sur le molleton d'un plaid, tient entre ses bras le visage poupin et candide de ses deux enfants. Émergence de têtes et de mains, kaléidoscope d'émotions et de sentiments : chacun, replié dans le corps nucléaire de la famille, a le bonheur qui goutte au creux des lèvres.

— Ma tribu… toute ma vie, me glisse songeusement Olivier à l'oreille. Je me retourne et l'observe contempler amoureusement, les bras croisés, le pêle-mêle de tous ces bonheurs simples qui font sa richesse.

— L'amour, l'amitié sont l'épicentre de tout, surenchérit-il en jetant sur moi un regard à la dérobée.

— L'amour fait mal. C'est un poison qui nous brûle, dis-je avec une visible crispation.

— La passion est un poison qui souffre de ses dérèglements Ambre. L'amour est une chance et un devoir, malgré ses faiblesses : la dépendance que nous avons de l'autre, la volonté de le posséder. L'amitié ne souffre pas ces imperfections, c'est un sentiment qui ne possède aucune impureté. L'amour et l'amitié sont toute ma force.

Ces mots, prononcés comme un credo, me remuent douloureusement les viscères.

— Viens. J'ai mis l'eau à chauffer.

Olivier entre dans le salon et libère le crochet des persiennes. La lumière flambe brutalement dans la pièce et je découvre un appartement aux accents très féminins qui regorge de couleurs : salon framboise et prune, cuisine orangée et terre de sienne, éboulis de coussins multicolores vautrés dans les replis d'un immense canapé ou à même le sol, tableaux qui couvrent en grappes la surface des murs, pléthore de miroirs, lampions, plaids et photographies. Tapi dans ses ombres, l'appartement semblait presque monochrome, il se drape maintenant dans ses excès de couleurs et de motifs comme une statue de vierge processionnelle. Olivier devine mes pensées :

— Je vis dans une gigantesque roulotte tzigane. C'est ma femme qui tient les rênes de la décoration. Thé menthe rose, ça te va ?

J'acquiesce d'un hochement de tête. Olivier revient après quelques minutes, portant sur un plateau une théière en fonte émaillée brûlante et aromatique. Il nous sert lentement et s'assoit face à moi, avec une douceur mâtinée de gravité. Moment de trêve où nous buvons dans le regard de l'autre, sans la moindre parole, les pensées qui infusent. Je devine en lui une forte générosité : son regard aiguisé me crible avec un intérêt véritable, en hôte poli mais curieux de ma demeure. Je lis un appétit redoutable pour la vie, concurrencé par une extrême fatigue : son visage porte sur lui des forces contradictoires.

Contre toute attente, je romps, de ma propre initiative, cette longue et vertueuse parenthèse muette.

— J'espère que vous ne me trouvez pas trop taciturne. J'apprécie de partager ce thé avec vous même si je vous en ai parfois voulu de votre vitalité.

En m'entendant lui confier avec inconséquence toute l'âpreté de mes ressentiments, amollis en surface mais aussi malvenus qu'illégitimes, je me surprends à la fois de mon culot et de ma demi-mesure : pendant ces derniers mois, je l'ai en vérité souvent détesté pour tout ce qu'il incarnait. Les rires perçus à travers l'appartement, les jeux des enfants, la main d'Olivier fondue à celle de son épouse, toutes ces traces de vie, d'amour aperçues contre mon gré derrière mes fenêtres lorsque mon regard balayait son jardin, tout m'a profondément agressé. Olivier me répond d'un sourire incrédule :

— Ma vitalité ? Je vais te faire à mon tour un aveu. Tout à l'heure, quand je t'ai ouvert ma porte, ton silence m'a frappé par sa douleur. Celui que nous venons de partager était au contraire une respiration. Un répit. Je suis heureux que tu te sentes détendue, c'est un premier pas. Tu ne t'aimes pas assez Ambre et tu cries en silence : ta maigreur, la manière dont tu t'excuses d'occuper l'espace, tes mots au compte-gouttes. Ici personne ne te fera le moindre mal…

Coup d'estoc. Comment cet étranger peut-il s'autoriser un jugement aussi tranché mais aussi vrai sur ma personne ?

— Je suis si lisible, c'est grotesque.

— Détrompe-toi. Pour te lire, il faut déjà être en mesure de te voir : nous vivons dans un monde où chacun tourne sur lui-même, désolidarisé de ce qui l'entoure, absorbé par ses propres ambitions, ses désirs, ses frustrations, ses chagrins. Nous existons très peu pour les autres. Chacun évolue sur sa trajectoire, évite les points de contact qui obligeraient à l'ouverture. Toi-même tu t'ouvres à peine. Aujourd'hui, tu prends le temps de me regarder, pour la première fois peut-être. Tu avais l'air surprise tout à l'heure de mon visage, j'ai eu l'impression de passer un scanner. Mais tu ne peux pas encore tout voir. C'est ici que l'imagerie est parasitée.

Olivier accompagne ses derniers mots en plaçant la paume froide de sa main sur mon front et me sourit avec une franchise déroutante.

— Vous avez raison, je vous observe depuis tout à l'heure comme vous le faites. Vous m'invitez chez vous sans le moindre grief de mon agressivité. Moi, je vous aurais claqué la porte au nez. Vous me regardez avec intérêt mais vous ne forcez pas ma réserve. Toutes ces photos où le bonheur éclate, vos propos tout à l'heure sur l'amitié et l'amour : il y a en vous un appétit généreux pour les autres. En même temps, je vous trouve très différent de ce que je m'étais imaginé de vous. Vous paraissez épuisé autant que je peux l'être. Je ne comprends pas.

Olivier me fixe avec intensité et fait glisser ses doigts dans les miens. Mon bras recule de manière réflexe avant de lâcher prise.

— C'est ce que tu nommes ma « vitalité » qui t'aveugle Ambre, et ta douleur. À cause de ça, tu ne peux pas voir ce qui devrait te sauter aux yeux.

Olivier pose nos deux mains sous sa clavicule droite. Il me guide, lentement, à travers le tissu de sa chemise, sur un relief circulaire qui cloque la peau. Sous mes doigts, un corps intrus, contre-nature, dont le contact me glace le sang :

— Qu'est-ce que c'est ?

— Ne t'effraie pas, c'est un simple cathéter. Une voie veineuse centrale par laquelle mon corps boit régulièrement ses médicaments. C'est plus tolérable pour les soins de longue durée : les veines souffrent trop. Plus pratique aussi pour les traitements ambulatoires. Je lutte comme un diable depuis plus de six mois mais mon cancer progresse et ça me rend amer. J'ai encore tellement de désirs. Je refuse de crever mais je ne crois plus avoir le choix alors je veux la liberté de crever chez moi, auprès des miens et enveloppé.

— Les médecins n'ont pas toujours raison.

Phrase bouclier pour parer ma gêne, tellement liquide, inconsistante et si peu convaincante… Quel réconfort, quels mots puis-je apporter à un homme qui pense qu'il va mourir, dont je ne connais rien ? Pourquoi fait-il de moi la dépositaire d'une confidence aussi brutale ? Une confidence vomie à l'heure du thé, sans ambages ni fausse pudeur et qui me renvoie toute l'ineptie de notre situation réciproque : Olivier court après une vie dont il est amoureux mais qui le fuit, je fuis une vie qui ne m'apporte aucun bonheur.

Olivier lâche ma main et s'enfonce profondément dans le corps du canapé :

— Cette idée est tentante… mais chimérique. Je dois apprendre à m'en protéger. Nul ne peut ignorer sa mort. C'est le travail le plus difficile qu'il me reste à accomplir : l'acceptation. Apprivoiser l'idée, aussi âcre soit-elle.

— Je suis touchée par ce qui vous arrive. Il n'y a pas de mots...

— Il y a des mots pour tout Ambre, y compris pour la mort.

À cet instant, la sonnerie métallique de la porte d'entrée met un point à notre conversation.

— Mon infirmière, l'heure des délices... murmure-t-il avec un sourire faible et résigné avant que nous nous levions tous les deux. Il ouvre la porte et accueille une femme tonique à la voix flûtée qui l'embrasse, me salue et part rapidement s'installer.

— Merci pour le thé Olivier. Si je peux faire quelque chose pour vous, n'hésitez pas.

— Tu peux me tutoyer Ambre même si la maladie vieillit cyniquement. Et revenir.

Trente minutes auront suffi à cet inconnu pour procéder à ma fine radiographie, trente minutes déroutantes pendant lesquelles Olivier m'aura fait l'étrange cadeau de son intérêt, cru et gratuit.

(Ambre et Olivier, l'album photos)

Toujours vide. Je referme ma boîte aux lettres en pensant aux derniers mots d'Olivier : « C'est le travail le plus difficile qu'il me reste à accomplir : l'acceptation. Apprivoiser l'idée, aussi âcre soit-elle. » Des mots qui, sortis de leur contexte, trouvent en moi une douloureuse résonance. Quand finirai-je par accepter l'évidence ? Ce courrier que j'attends chaque jour n'est qu'un mirage, Léo ne m'écrira plus. Le fil d'or que je garde tendu entre lui et moi est un leurre, sa vie désormais ailleurs. Ne plus subir l'absence mais tenter de la domestiquer.

Je quitte le hall d'entrée et m'apprête à sonner chez Olivier lorsque la porte s'ouvre, directement :

— Bonjour Ambre, je t'attendais.

— Comment savais-tu... ?

— Il suffit de connaître l'heure à laquelle le facteur fait son entrée. Tu ne tardes jamais à suivre. Tu veux mon opinion ? Ce facteur n'est pas fichu de distribuer correctement le courrier. Je n'ose imaginer toutes les lettres qu'il a perdues.

Aucun de nous deux n'est dupe mais Olivier m'offre une porte de sortie honorable. Il accompagne cette plaisanterie douce-amère en disciplinant une de mes mèches derrière l'oreille et m'invite à entrer. Je le suis jusqu'au salon où un foisonnement disparate de photographies couvre le canapé comme un ensemble d'écailles. Des centaines au total. Olivier se baisse pour les ramasser et nous libérer une place, je m'applique machinalement à l'aider.

— Je les regarde depuis des heures. La mémoire est complexe, comme stratifiée… tu crois certains souvenirs évanouis, sortis du champ de ta conscience mais ils subsistent de manière latente, tellement diffus, ouatés…presque oniriques. Un cliché et tu replonges avec la même émotion. Toutes ces photos sont les différents plans sonores de ma vie, j'ai besoin de reconstituer la partition avant de partir.

— Je comprends.

J'en ramasse une sous mon pied. Sa fille se tient droite, le regard impérial, dans un judogi blanc, la poitrine couronnée d'une grosse médaille clinquante.

— C'est ma poupée le jour de sa première compétition de judo. Elle a tout d'une brindille, sèche et frêle mais elle ne plie jamais. Quand je l'ai vue s'avancer sur le tatami avec ses maigres dix-neuf kilos pour huit ans, j'étais à la torture. Mon bébé si malingre. Dans sa poule, il n'y avait que de petites boules de nerfs bien calibrées qui pesaient le double de son poids. Si j'avais pu, je l'aurais enlevée de force, j'avais une trouille terrible…

Le visage d'Olivier s'éclaire, d'un rire silencieux et intérieur et sa voix se colore d'émotion.

— Elle, elle était concentrée sur le combat et déterminée. Le regard affûté. Je crois qu'elle a compris intuitivement qu'elle ne pourrait pas compter sur ses muscles, trop petit gabarit, mais elle a dépassé sa peur et l'a projetée dans le combat. Elle a composé avec la force de ses adversaires et n'a rien cédé : défense implacable. Ma fille est une vraie boule de feu Ambre, un phénix. Ce jour-là, elle m'a donné une magistrale leçon de courage, d'humilité et de maîtrise. C'est la volonté qui mobilise nos ressources les plus profondes, c'est elle qui impacte tous nos gestes.

Olivier me montre un autre cliché : son petit garçon, le cheveu ambré par les reflets du soleil, assis sur un tapis de sable laiteux. Il tient un bâton entre ses doigts, son regard happé par le ciel et possède la grâce d'un chérubin : un petit nez retroussé, des joues dodues, des yeux sombres et veloutés, une peau diaphane tapissée d'un fin duvet blond.

— Avec ma femme, nous l'appelons notre « petit moine bouddhiste », mon fils dégage une présence si tranquille. Son univers intérieur est très riche mais parfois difficile à pénétrer. C'est un vrai contemplatif, il peut rester des heures à rêver. Quand je l'ai photographié, il ne s'en est même pas aperçu. Il discutait certainement avec les anges, il jouit d'une liaison directe avec le ciel.

Olivier me jette un clin d'œil complice.

— Sur cette photo, c'est moi avec ma femme sur le Pont Neuf, il y a seize ans. Naïs, c'est le feu et la soie, l'énergie et la douceur. Nous étions ensemble depuis seulement deux mois lorsque je l'ai demandée en mariage.

Elle habitait à Paris, je travaillais déjà à Marseille. Tous les week-ends, j'avalais des centaines de kilomètres de voies ferrées pour la rejoindre. La semaine, je griffais les jours qui me séparaient d'elle sur mon calendrier comme un prisonnier qui rêve sa liberté. Un soir, je me suis décidé et je l'ai appelée. Je lui ai dit que je ne pouvais pas vivre sans elle, qu'elle était la femme de ma vie et que j'allais l'épouser. Un véritable enlèvement de Sabine !

Nous rions tous les deux, rapprochés par la tendresse et l'intimité de cette confidence presque fraternelle.

— Pour s'accomplir, il faut savoir parfois courir de grands risques. Nous ne nous connaissions pas encore mais nous avons fait le pari de la réussite et je ne l'ai jamais regretté. Elle a ouvert ma porte à la lumière. Rétrospectivement, je me demande qui de nous deux s'est montré le plus inconscient dans ce projet. J'étais très différent d'aujourd'hui tu sais, fragile et débridé. La sécurité, la force de l'amour conjugal et filial m'ont beaucoup adouci. Je me suis construit avec ma famille, avant c'était un peu l'entropie, une énergie au service du désordre.

Il s'arrête sur un nouveau portrait, parasité par un fort grain. Vingt-cinq ans ont dû s'écouler entre l'adolescent qui pose en veste de cuir, oreille percée d'un large anneau et l'homme affaibli qui se tient à mes côtés, mais je reconnais immédiatement Olivier à son sourire hypnotique. De son coude, il tient par le cou, en petit coq fier et dominant, un homme dont il a les traits aujourd'hui. À une différence près : celui-ci cherche à masquer une calvitie déjà très marquée par la pousse dérisoire, sur les côtés du crâne, de faibles mèches ayant l'aspect du chanvre et retenues par un catogan au niveau de la nuque.

— Ton père ?

— Oui. Je ne me souviens pas d'une période de ma vie où notre relation ait été sereine. Enfant, je rêvais de partir à la pêche avec lui, jouer au ballon, au poker, l'aider à bricoler sa voiture. Quand tu es petit, tu te glorifies d'être l'ombre de ton père. Il m'a préféré d'autres plaisirs. À l'adolescence, nous n'avions rien construit. Très peu de souvenirs, de complicité, de temps passé ensemble. Chausse-trape dangereuse : je n'ai pas accepté l'autorité d'un père avec lequel je n'avais jamais rien partagé et qui de surcroît s'autorisait tout ce qu'il prétendait m'interdire. Je ne lui reconnaissais plus de légitimité. Quand ton fils est déjà un homme, tu ne peux plus prétendre être un tuteur pour lui, la plante a poussé sans toi, au gré de ses rencontres et de ses influences. Le choc a été violent. J'ai poussé très loin l'insoumission. Lui et moi y avons laissé quelques plumes.

— Et aujourd'hui ?

— Aujourd'hui, notre relation n'est toujours pas apaisée. Nous nous aimons sans nous le dire, à la manière de deux adversaires qui se toisent.

La voix d'Olivier s'est un peu étranglée. Fausse note dans la partition.

— J'aimerais faire la paix avec mon père avant de partir. J'y pense sans arrêt.

— Lui aussi je suppose.

— Probablement. Je doute néanmoins que nous en ayons le temps. Notre communication n'est plus qu'un résidu, tellement fragmentaire et stéréotypé : chacun de nous s'est figé dans un rôle. Nous échangeons des mots convenus, sans chaleur. Une couronne d'épines. Il faudrait démêler l'ensemble des nœuds qui nous empêchent de nous parler avec vérité mais mon père feint d'ignorer qu'il y a urgence. Il est dans le déni complet de ma situation. Pas un appel de sa part depuis le début de ma maladie. Peut-être se représente-t-il mon cancer comme une nouvelle provocation bravache. Quand il m'enterrera, les émotions enfouies en lui seront brutalement déterrées.

Olivier possède l'art brûlant de la franchise et je sens pour la première fois depuis des semaines une tristesse s'emparer de moi dont je ne suis plus l'objet. Je saisis sa main et la serre très fort dans la mienne. La mort me paraissait une expérience si ordinaire avant de la voir incarnée. Sûrement l'est-elle pour ceux qui n'y sont pas directement confrontés. Sans échéance arrêtée ou du moins appréhendable, la mort se place au cœur de la vie, postulat que nous intégrons tous d'autant plus facilement que nous nous en distancions affectivement. En revanche, il faut oser penser la mort face à soi.

Olivier presse longuement sa main dans la mienne avant de dégager un cliché précis de la masse photographique qu'il a rassemblée :

— Ma deuxième famille. Une rencontre formidable et inespérée. À cette époque, j'avais quitté la maison familiale. Je louais une petite annexe de jardin non déclarée. Le manque d'argent et l'absence de perspectives me poussaient tous les jours vers le fond. Je ressemblais à ces oiseaux pollués par des hydrocarbures qui continuent de s'empoisonner en se lissant les plumes. Les personnes qui louaient cette annexe étaient âgées, leurs enfants vivaient loin. Nous avons sympathisé, ils m'ont donné ma chance : la quasi gratuité de mon hébergement contre des services ponctuels, tondre la pelouse, porter leurs courses de la voiture à la maison, ranger la cabane à outils, bricoler. Je voyais bien qu'ils se creusaient les méninges pour me trouver quelque chose à faire de temps en temps, ils ne voulaient pas que je me sente trop redevable. J'ai accepté, le temps de souffler. J'y suis resté deux ans. Grâce à eux, j'ai pu reprendre mes études et j'ai décroché mon diplôme de charpentier. Quand je suis parti, j'étais encore affectivement inconstant mais plus cette âme révoltée qui pensait gagner sa revanche dans ses excès. J'ai fait de très belles rencontres, Ambre.

Olivier se fond au canapé, ferme les paupières et tend lentement sur son visage un sourire aussi fin qu'un fil de funambule. Quelles idées balancent sur ce fil ? Olivier progresse en ce moment sur un câble vertigineux, dans un espace tendu exempt de toute légèreté. Franchir avec grâce et équilibre la ligne ultime, le regard ciblé sur le point de mire, en dépit de la peur et de la solitude. Ne plus reculer et, jusqu'au dernier pas, prendre le temps malgré tout de parenthèses immobiles où se sentir vivre. Avoir encore le souci du bonheur au moment où l'univers se rétrécit.

Μετέωρος, météore, « dans les airs ». Olivier s'élève et je comprends aujourd'hui que ma très belle rencontre, ce sera lui.

(Ambre, réflexions)

Parmi tous les clichés que j'ai vus ce matin, il en est un qui me touche infiniment : sur l'épreuve, Olivier, âgé de trois ou quatre ans, se trouve replié et cacheté dans les bras de cire de sa mère, assise en tailleur. Par un étrange jeu de lignes géométriques, l'axe horizontal du bassin et des clavicules forme avec l'angle des bras une niche douillette, semblable à une alvéole, à l'intérieur de laquelle, en petite larve brune, Olivier respire, heureux et confiant, les parfums de la sécurité. Pendant qu'il me parlait de sa mère, décédée il y a quelques années, Olivier n'a cessé de caresser avec son pouce les contours de cette cellule idéale dans laquelle se trouvait découpée son image enfantine. Refuge. J'ai compris qu'il puisait à cet instant dans les souvenirs de sa chair le moyen de son apaisement.

C'est la mère qui nous fait naître au monde. Lové en son sein, le fœtus découvre ses premières sensations, épurées, adoucies. Lumières, sons, caresses. Il baigne dans un univers d'éther dont il est le soleil, soudé à une chair qui lui est vouée et dévolue. Le ventre maternel, la matrice. Un état sans conscience, délivré du désir et de la peur.

Lorsqu'un homme est encore un fils, qui mieux que sa mère peut l'aider à mourir ? Son amour est l'ultime rempart, si dense qu'il absorbera la matière noire des dernières terreurs. Juste fermer les yeux. Se laisser envelopper et porter à rebrousse-temps. In utero, pas de souffrance.

Je saisis le combiné du téléphone, le cœur froissé mais réchauffé de braises et compose dix chiffres de manière automatique.

— Allô ?

Ce timbre-là, c'est mon premier berceau.

— Allô maman, c'est Ambre…

Deux ou trois secondes de silence s'écoulent, sans gêne. C'est la première fois depuis des mois que je compose ce numéro. Ma mère, d'instinct, m'a arrachée à ma dégradation quand je n'avais plus la force de lui demander de l'aide. Elle a eu pour moi le réflexe de lutte que je ne possédais plus. Elle m'a appelée chaque jour, s'est enquise de mes repas, de mes heures de réveil, de la durée et de la qualité de mon sommeil, de mon suivi médical. Pendant des semaines, elle a bâti autour de moi une niche douillette, invisible, dans laquelle j'ai retrouvé le moyen de me relever. Aujourd'hui, c'est moi qui prends l'initiative de l'appeler pour lui dire que je suis bien décidée à me battre.

(Éden)

— Bonjour. Navrée de vous importuner. Je venais voir Olivier, je repasserai une autre fois. Pouvez-vous lui dire… ?

— Qu'Ambre s'excuse de ne pas pouvoir lui rendre visite ? Certainement pas ! Mon mari me tirera l'oreille si je ne te convaincs pas d'entrer. Viens vite.

Sottement, avec mes horaires de travail décalés, je m'étais habituée à toujours trouver Olivier derrière cette porte. En animal reclus, je prête instinctivement aux autres la solitude de mon terrier. Je n'ai croisé Naïs que rarement, toujours de manière très furtive, mais pour l'avoir vue sur de nombreux clichés, pour en avoir entendu parler longuement et amoureusement, je ressens à son contact une étrange familiarité. Des traits légèrement creusés, un regard mutin et plus chaleureux que son image. Iris verts où s'émaillent de petits filaments cuivrés. Une coupe de cheveux courte et asymétrique, avec une frange en épines d'oursins. Olivier lui a parlé de moi. Touchée… Elle me tire d'autorité dans l'entrée, s'accroche à mon coude et me décoche un sourire franc et complice. Je ne suis pas mal à l'aise, plutôt légèrement intimidée.

De la cuisine diffuse une odeur généreuse, aillée et caramélisée : cet arôme, je le connais par cœur, pour en avoir mille fois disséqué la genèse à l'âge où je portais des couettes. Dans l'orgue à parfum de ma mère, huile d'olive, tomates mûres, persil, ail, poivre concassé, sucre et une touche de coriandre. Les tomates, coupées en deux, qui s'offrent à plat sur un lit frémissant d'huile et qui, sous la langue patiente du feu, se liquéfient en petites méduses sanguines et ridées. La persillade qui sème ses fragrances fertiles. Le Sud concentré dans une poêle.

— Vous avez préparé des tomates à la provençale ? J'adore…

— Oui. C'est Olivier qui les a cuisinées. Je n'ai pas réussi à l'en dissuader malgré la fatigue. Il avait un besoin vital de soleil ce matin.

Sur ma rétine s'impriment de petits Argus bleus. Le champ familial où mon grand-père plié en équerre extrait des pommes de terre bosselées, noircies comme des truffes. Les tapis de trèfle violet aux têtes rosées et globuleuses. Une coccinelle court sur l'astre doré d'un pissenlit… Mon estomac traînait des pieds jusqu'à aujourd'hui. De simples tomates secouent sa gourmandise avec l'éclat sonore d'un sac de noix jeté à terre.

En entrant plus avant dans l'appartement, je perçois avec crispation des rires feutrés, un entrelacs de voix qui se répondent ou se chevauchent. Leur volume est adouci par l'épais tampon des murs mais je comprends immédiatement qu'Olivier n'est pas seul. J'aimerais faire marche arrière. Naïs, toujours agrippée à mon coude, anticipe ma fuite.

— Ne te soucie pas du nombre. Tu es la bienvenue, Olivier sera heureux de ta présence. Tout le monde prend le soleil. Il fait si doux aujourd'hui. Et tutoie-moi.

Naïs empoigne la porte qui ouvre sur le jardin. Derrière le bouton en porcelaine blanche et ovale, des visages inconnus, des rires, des émotions qui se déversent... Je dois apprendre à ne plus fuir, à retrouver le courant.

— Suis-moi.

La porte s'est ouverte sur un petit carré de verdure. Dans le jardin, bruit un lacis dense de feuilles soufflées par une très légère brise. De petites fleurs sauvages pimentent le sol de boursouflures vives.

Au cœur de ce filet de lumières végétales se dresse une table ronde en fer ciselé, couleur anis, sur laquelle flirtent des verres colorés et dépareillés, des assiettes et des serviettes en papier. Autour de la table, quelques personnes se sont arrêtées de parler pour nous regarder approcher. Olivier, plongé dans un vieux fauteuil, recouvert de son bonnet marine et d'un plaid léger, nous invite à le rejoindre avec un sourire épanoui. Ses amis l'ont transfusé.

— C'est magnifique que tu sois là, murmure-t-il en pressant chaleureusement mes mains dans les siennes, je vous présente Ambre, mon amie et voisine.

Amie... ce mot glisse avec la volupté et la fraîcheur tonique d'un glaçon.

— Ambre, voici Alexandre.

Un homme haut et fin comme un fil s'avance devant moi. Costume anthracite. Cheveux poivre et sel en spirales épaisses, visage d'adolescent sur lequel courent de fines ridules, regard noir et vif, lustré comme le cuir d'une chaussure italienne. Alexandre me sourit avec aménité et dépose un baiser sur ma joue.

— Ravi Ambre.

Deux mots anodins, deux caresses.

— Voici Nathan.

Un homme se lève, cheveux noirs et gominés, peau brunie. Épaules épaisses, torse cuirassé, découpé en trapèzes sous une chemise noire ouverte et cintrée. Un discobole de statuaire grecque. Nathan s'avance avec un sourire bienveillant et m'embrasse :

— Sois la bienvenue Ambre.

— André et sa fée Lili.

Le tour de table est terminé. André se redresse, dégrafe de ses bras une brindille aux longs cheveux dorés et aux yeux très finement dissymétriques. Tous deux m'embrassent avec chaleur, en me pressant le bras. Olivier frappe le métal d'une chaise de jardin située tout près de lui et me fait signe de la tête pour m'inviter à m'y asseoir. Naïs s'installe sur le bras du fauteuil, contre lui. Olivier rompt les présentations en s'amusant d'une boutade amère, avec la grâce dont il a le secret :

— Mes amis venaient me chercher pour randonner mais je n'arrive pas à remettre la main sur mes chaussettes en laine. Je ne peux pas partir sous-équipé et craindre une gelure alors je passe mon tour pour cette fois.

— Tu rechignes, tu avances de faux arguments mais tout le monde sait pourquoi tu ne veux pas venir : tu préfères la douceur de tes draps et tu peines à te lever tôt. Tu es juste paresseux.

Clins d'œil échangés entre amis. L'humour, lieu des communions humaines, déverse ici son encre noire, sans aucune gêne…

— Exact Alex et puis je ne saurais plus me déplacer sans mon staff, mes infirmières se morfondraient, je suis responsable de la bonne vitalité de mon harem médical.

Coup de coude instantané de Naïs dans l'argile abdominale d'Olivier.

— Attention à réduire tes ambitions sensuelles mon ami !

Décharge faussement orageuse suivie d'une étreinte magique. L'œil d'Olivier pétille de satisfaction…

— Tu sais quoi ? Tu me donnes faim ! rétorque gaiement Olivier avec un regard voluptueux qui brave toute gravité, apporte-nous du pain et le plat de tomates, veux-tu ?

La poêle nous a réunis autour de la table. Les rires ont repris. Je parle au compte-gouttes mais personne ne s'en offusque. Il y a quelques semaines, transparente et grise, je n'étais plus qu'un phasme fondu dans la grisaille des murs de mon quartier. Aujourd'hui, tous les amis d'Olivier m'invitent avec prévenance et simplicité à la discussion, sensibles à ma présence. Nous partageons à même le plat, sur des morceaux rompus de pain acidulé et compact, le sang caramélisé des tomates, dans la plus simple fraternité.

Je me sens étrangement bien, libérée de mes raideurs. Pour la première fois depuis le départ de Léo, je sens mon corps vibrer à nouveau du plaisir brut de manger, le do de mon retour à la chair.

Une porte-fenêtre attenante au jardin vient de s'ouvrir. Dans la chambre, des enfants chuchotent, réunis autour d'un poste. Après quelques secondes, la musique éclate. Une pluie ramassée de coups de tambour, suivie d'une mélodie reggae : « Don't worry about a thing, cause everything gonna be all right. Singing don't worry about a thing, cause everything gonna be all right. » Plaidoyer tricolore pour un optimisme sans faille.

— C'est bon, ça ! valide Olivier en marquant le rythme de tout son corps. Autour de nous, une farandole de petites têtes a jailli de la pièce pour distiller le parfum léger de son insouciance. Avec ses éclats de rires aussi aigus que des piaillements, le jardin s'est mué en volière.

Naïs s'est levée pour danser avec ses enfants. Alexandre me fixe, enjôleur, avant de m'acculer :

— Tu danses ?

— Je ne suis pas sûre que ce soit une bonne idée, je regr...

Alexandre ne m'aura pas laissé le temps d'un non. Il m'a déjà soulevée de la chaise et me prend dans ses bras en murmurant à mon oreille :

— Don't worry, everything gonna be all right !

Des coudes qui se frôlent, quelques tomates confites, des petits pieds qui virevoltent et s'ouvrent à moi, pour un instant, les portes d'un nouvel Éden...

(Le hanneton)

— Tu es prêt ?

Olivier examine avec minutie les traits de son visage dans le grand miroir de l'entrée. Il lisse ses rares sourcils, ajuste son bonnet de laine sur le crâne, attache un à un les boutons brandebourg de sa veste avant de me jeter un clin d'œil. Si j'ignorais où nous nous rendons, je pourrais croire ses efforts destinés à une femme. Peu habituée au temps de la coquetterie, je piaffe comme un homme dont la petite amie se réjouirait d'éprouver la patience en étirant volontairement la durée des derniers préparatifs. Mon unique rituel de beauté consiste à me brosser les dents et, les jours d'élégance, à discipliner mes cheveux avec un élastique.

—Je n'attends que toi princesse, me répond-il, visiblement amusé de cette inversion des rôles, avant de s'appuyer sur le bras que je lui tends.

En quelques semaines, Olivier a sinistrement vieilli : ses petits pas vacillants, ses mouvements lents, sa silhouette maigre et ramassée le font ressembler désormais à un vieil homme. Un petit pas, encore un autre... Des jambes aux genoux noueux, menues comme des gressins, un corps malhabile qui cherche des appuis.

— Heureusement que je ne suis pas pressé, tu traînes la patte, plaisante-t-il pour me détendre, s'agrippant fort à moi dans les quelques marches d'escaliers qui nous mènent à la porte de l'immeuble.

Aujourd'hui comme à son habitude, Olivier balaie d'un revers de main toute gravité, comme il saisirait au vol une mouche indésirable pour l'écraser. Il le fait autant qu'il le peut, quand la force de vivre l'emporte sur le reste. Une règle, une exigence personnelle. Un principe de vie. Parfois le poids est trop lourd et les doutes, la souffrance, l'horreur de la maladie éclipsent, un temps, son caractère solaire.

Je ris et m'excuse de ma lenteur présumée. Ma voiture est garée juste devant. Ce matin, l'air est frais. Olivier, frissonnant, remonte spontanément ses mains sur l'encolure de sa veste pour se protéger. Le ciel, complètement dégagé, promet une belle journée. Dans une heure, les températures auront grimpé et l'air aura retrouvé toute sa douceur.

Olivier m'a demandé hier de l'accompagner jusqu'à la mer. Il avait envie de sable sur la peau, de pêcheurs sur la grève, du ballet sonore des goélands, de châteaux humides et éphémères. Naïs ne pouvait pas s'autoriser une parenthèse de quelques heures, l'agenda familial était serré comme un collet. J'ai dit oui, bien sûr, je le conduirais au bout du monde...

— Ta voiture est trop basse ! gémit-il au moment d'entrer dans l'habitacle.

Olivier est trop faible pour s'asseoir sans mon aide. Pour un meilleur équilibre, j'écarte légèrement les pieds, les place perpendiculairement aux siens pour les bloquer. Je saisis fermement son bras, me colle à lui et fléchis mes jambes pour l'accompagner dans son mouvement.

— Oui Boucle d'Or. Ma voiture trop petite, mes sièges trop durs et les portières trop lourdes !

Olivier me regarde, surpris et heureux de ma première saillie depuis notre rencontre.

— Hé hé, tu sors tes griffes, ça te va bien ! se réjouit-il, plus excité qu'un dresseur devant la croupade d'un Camargue.

Je l'aide encore à attacher sa ceinture de sécurité. Il saisit, curieux, les albums qui s'empilent dans le vide-poche de sa portière. Moue réprobatrice...

— Heureusement que tu es là pour assurer la survie de ces pauvres artistes ! Sans toi, ils n'auraient aucun public. Tu as de la chance, je suis prêt à commencer ton éducation musicale.

Sans attendre ma réponse, Olivier tire de son sac en bandoulière une compilation de Bob Marley et me décoche son sourire le plus enjôleur.

— Sister, voilà ce qu'il nous faut. Du concentré de bonheur. Now, take it easy !

Olivier a monté le volume, la voiture s'est transformée en un gigantesque caisson. La Jamaïque répand maintenant son sillage sonore à chaque carrefour et les basses résonnent à l'intérieur de mon volant. Je me tourne vers Olivier. Il se balance d'avant en arrière, habité et militant, frappant de sa tête chaque mot avec la conviction énergique d'un prosélyte de la foi reggae : « Get up, stand up, stand up for your rights. Get up, stand up, don't give up the fight. » La maladie s'est évaporée. Olivier a vingt ans et porte jusqu'aux reins des nœuds de cheveux emmêlés. Plus de fatigue, plus d'essoufflement. Je me remémore la première fois où nous nous sommes parlés, après l'incident du marché. Derrière les traits de la maladie, la vie avait percé, rayonnante, dans un simple sourire. Petit bijou à la délicate inflorescence sorti de terre sous une fine couche de neige. Aujourd'hui, sous une couche devenue de plus en plus épaisse, la vie perce encore, rebelle et généreuse et continue de défendre ses droits. Olivier ne renonce jamais. À chaque moment de doute, de découragement, de colère, d'angoisse répond inlassablement son irrépressible soif de vivre.

Les pneus roulent mollement sur les premières langues de sable. Je sors rapidement de la voiture pour extraire Olivier de l'habitacle. Je déteste ne pas savoir anticiper ses besoins : la perte d'autonomie est plus grinçante quand elle a besoin de se dire. Toutes les personnes qui vivent avec Olivier ou le côtoient quotidiennement partagent avec moi ce réflexe : Naïs le couvre avant qu'il n'ait froid, lui prépare son verre d'eau avant qu'il n'ait soif. Les enfants d'Olivier se jettent à son cou avant qu'il n'éprouve la difficulté de se lever pour les accueillir. Ses amis se relaient pour qu'il ne ressente pas le besoin pressant et pesant d'être entouré. Seule la douleur ne s'anticipe pas, elle nous prend toujours de court...

— Où veux-tu aller ? Sur la grève ? Sur les rochers ?

— Je voudrais m'asseoir sur le sable mais j'ai peur de ne pas réussir à me relever ! me confie-t-il, avec un désir lucide.

Je sors un vieux plaid à carreaux du coffre, le déplie et le pose sur le sable humide, à quelques mètres de la voiture.

— Je vais t'aider.

Nous voilà maintenant assis, côte à côte. Deux petites âmes soudées sur un carré de laine écossaise venues respirer, face à l'immensité de la mer, les bienfaits d'un présent tonique chargé en minéraux et oligoéléments, loin des médicaments et de l'odeur de l'hôpital. J'ai enveloppé Olivier d'une épaisse couverture pour qu'il ait bien chaud. Devant nous, l'eau, encore sombre, reçoit les premières caresses du soleil.

—Tu n'as pas froid ?

— Je ne pourrais pas être mieux Ambre, me répond-il en sortant son museau de bête malade de la poche d'air chaud emprisonnée dans la couverture.

Olivier s'est tu. Il contemple la mer, silencieux. En paix.

Je regarde. Devant nous, l'infini de l'azur, vierge de nuages. Le ciel encore métallique, bleu et violet, qui se réchauffe lentement, par petites touches, de filets jaunes et orangés. La masse alanguie de l'eau, qui mousse à la frontière du sable. Quelques goélands qui planent au-dessus de ce tapis liquide ou battent puissamment des ailes. D'autres, restés sur le sable humide, pointent leur bec courbe à l'unisson vers le gris de la mer. À la lisière de l'eau, d'épaisses banquettes brunes et compactes formées par l'accumulation de feuilles mortes de posidonies. Sur le sable, des centaines de pelotes feutrées, tricotées par la mer et composées de rhizomes arrachés et roulés par les vagues. Tout près de moi, le visage attentif d'Olivier. À ma droite, fichée dans le sable, une plante qui déroule son tapis vert et dont les feuilles, rampantes, charnues et laquées, ressemblent à de petites griffes.

J'écoute. Le chant renouvelé des vagues, les oiseaux qui raillent, quelques voitures derrière nous, dans un ballet de fond discontinu. La respiration d'Olivier, bruyante et lourde.

Je sens. L'air humide, encore chargé des brises de terre, le parfum végétal et subtil des posidonies à quelques mètres de nous. L'odeur du plaid.

Je touche. Le grain meuble du sable, les brisures de coquillages qui restent collées aux doigts. Le molleton de la couverture, épais et chaud.

Mes pieds nus ont disparu, ensevelis sous deux petites pyramides brunes. Ma langue pique sous le sel de l'air marin. Mes poils se hérissent sous le chandail.

— Ça fait du bien de se sentir vivants !

Ces mots me transpercent. Combien de fois ai-je eu la pleine conscience d'être vivante ? Totalement connectée au présent, sans remâcher, regretter, repenser, déplorer le passé ? Sans m'inquiéter de l'avenir, le désirer, le rêver, l'appréhender ? Un moment hors de tout questionnement, où la pensée laissait uniquement place à la perception ? Bien vivante, les sens aiguisés, libre de recevoir ce que le présent, si précieux et fugace, pouvait m'offrir. Combien de fois me suis-je contentée d'exister au lieu de vivre ?

— Oui, ça fait du bien de se sentir vivants.

Je tends ma main pour saisir la sienne. Olivier possède cette grâce de me relier sans cesse à la terre.

— Regarde !

L'œil d'Olivier s'est fixé sur ma droite : dans le sable, sous une jungle de griffes vertes cirées, une procession de fourmis dessine un fil mouvant couleur ébène. Affairées, toutes convergent, surexcitées, vers le cadavre brun d'un hanneton. Le coléoptère a été amputé de ses élytres, des ailes postérieures qu'ils recouvraient et de l'ensemble de ses pattes. Un pantin démembré dont les pattes et les ailes, nourriture providentielle dans ce désert, voyagent déjà à dos de fourmi, aussi précieux que l'or, la myrrhe et l'encens. Il ne reste que le corps carapacé, massif et oblong, comme la coque vermoulue et noircie d'un vieux bateau. Petit monolithe protéinique, véritable aubaine pour cette communauté d'insectes...

Ramassée autour du corps, la masse grouillante tente de ramener le butin. La coque tangue, mue par une mer de pattes articulées, bouge de quelques millimètres, avant de retomber sur le sable. La vague noire frappe à nouveau, déterminée, laborieuse, pugnace. Le hanneton, malgré sa taille et son poids, finit par céder à l'entêtement collectif et se retrouve, trophée inanimé, porté comme une idole dans les bras mouvants de son public. Un vrai triomphe...

— C'est intrigant, n'est-ce pas ? commente Olivier, absorbé par les différents tableaux de cette miniature chorégraphie, la vie a des droits sur la mort et prend toujours le dessus sur elle. Elle s'en nourrit, la transforme, la digère. La mort n'est qu'une étape, en aucun cas une fin. Regarde ces fourmis. Elles sont ravies de ce cadavre et s'en régalent. Elles paieront peut-être demain leur écot au grand cycle de la vie. Vue d'ici, la mort n'a rien de triste. Un simple rouage, participant à l'équilibre d'un ensemble qui le dépasse.

— C'est vrai, vue d'ici, la mort ne fait pas peur parce qu'il n'y a pas d'émotions.

— Aimer et être aimé, c'est ce qui rend la mort redoutable, soupire-t-il, pensif, en tout cas, le hanneton est un sacré veinard, tu ne trouves pas ? Cet endroit est magique pour mourir !

Je ne réponds pas. Un bel endroit pour mourir… Cette remarque me fait mal. Elle me rappelle cette horrible scène d'un vieux film des années soixante-dix, « Soleil Vert », dystopie glaçante à la fin de laquelle le personnage incarné par Edward G Robinson entre dans le « foyer », un centre d'euthanasie, pour y visionner les dernières images qui l'accompagneront avant de s'éteindre. Mort programmée et assistée sur fond de paradis perdu. Images d'un éden qui n'est plus, dans un monde désenchanté où l'homme a tout détruit, espoir, bonheur, environnement, éthique. Sur fond de « Pastorale », le personnage choisit de donner sa vie contre quelques minutes de bonheur. Moi, je n'ai pas envie de voir disparaître mon ami. Même s'il donne l'impression d'être de plus en plus en paix avec la mort, je ne parviens pas à m'y résoudre. J'aimerais que le temps se fige et me laisse Olivier encore quelques années…

— Ne sois pas si triste Ambre. Pas maintenant. Pas déjà. Je vois bien que ce que je t'ai dit te contrarie mais il faut peut-être nous faire à cette idée, mmmhh ? Même si je fais le grand saut, je serai toujours là pour toi... et si l'envie te prend un jour de te balader avec moi, mets tes baskets et viens me retrouver sur le massif de la Sainte-Victoire. C'est là que je serai. Dans un an, dans six mois, dans trois mois. J'aime cet endroit plus que tout. Cette montagne m'a donné mes plus belles sensations de nature, c'est ma terre. Je ne veux pas passer mon éternité allongé, dans le noir. Moi, je veux me faufiler entre les arbres, être soulevé par le mistral, coller aux pas des randonneurs, ruisseler sur la roche après les orages d'été. Là-bas, je serai libre.

Libre. Insubordonné. Souverain. Olivier sera toujours dans la lumière du soleil quand les champs seront noyés de brume. Je m'enroule autour de son bras et pose ma tête sur son épaule. Je ferme les yeux. L'heure n'est pas à la tristesse. Pas maintenant. Pas déjà.

(L'éternité sans la foi)

Olivier est allongé près de moi, taciturne, les dents serrées, ramassé en lui-même. Il n'a rien bu de son thé. Il m'a confié avoir très peu et très mal dormi cette nuit. L'infirmière, prévenue seulement ce matin, s'est hâtée de venir le soulager. Depuis, branché à la pompe de morphine, le bouton poussoir dans la paume, Olivier attend, contracté par la douleur, cerné et gris, les effets analgésiques du produit.

— Je ne sais pas ce qui est le plus insupportable aujourd'hui pour moi, l'idée de mourir ou la douleur, confie-t-il d'une voix faible, le regard fixe.

— Essaie de t'apaiser... lui murmure Naïs.

Penchée sur lui comme une mère, elle glisse doucement une main sous les reliefs lisses de son crâne et l'aide à se balancer de l'autre. Petite musique régulière, archaïque, proche du bercement d'un nourrisson, pour lui faire abandonner toute résistance. Je regarde Olivier qui oscille lentement, replié. Il semble si vulnérable. Il poursuit sa réflexion à haute voix :

— C'est trop dur chérie. J'ai l'impression que tout se réduit maintenant à supporter ma souffrance. Je suis épuisé.

Je sais pour l'avoir endurée que la douleur a un moule unique. Elle pilonne et infeste sans laisser le droit à l'espérance. Celle d'Olivier m'est insoutenable. Je m'approche de lui pour le réconforter :

— Il n'y en a plus pour très longtemps avant que la morphine te libère.

Naïs, très tendue, le regard vissé sur le corps replié et diminué de son mari, respire fort, broyée de l'intérieur.

— Accroche-toi mon cœur, dans quelques minutes tu seras aussi léger qu'une plume, lui souffle-t-elle en massant son épaule gauche par-dessus les couvertures.

Olivier semble loin, saisi.

— Je n'ai jamais cru en Dieu. Je le regrette presque aujourd'hui, la foi m'aiderait à ne plus craindre ce qui m'attend. Je n'arrive pas à m'arracher à vous, j'ai peur et l'idée d'être oublié me dévaste. Dans dix ans, je ne serai plus qu'un fantôme, les enfants n'auront plus le moindre souvenir de leur père...

— Arrête immédiatement ! objecte Naïs avec indignation, tu n'es pas juste. Dieu n'est pas une béquille, pas plus qu'il n'est extérieur à toi, il est dans tout ce que tu as bâti, dans chacun des baisers que tu as donnés à nos enfants, dans la manière dont tu les aides à être eux-mêmes et dans les valeurs que tu leur as transmises. Tu continueras de vivre en nous, tu seras toujours là.

La voix de Naïs s'est étranglée, déformée par le trouble, consciente de valider par ces quelques mots une rupture aussi inévitable qu'intolérable, une rupture à laquelle elle ne se résout pas elle-même au moment où la mort qui s'invite impose d'être nommée et clairement débattue. Je me sens vide, spectatrice involontaire d'un moment qui n'appartient qu'à eux. Il y a peu, j'envisageais ma propre mort de manière si personnelle que je n'en percevais pas les effets connexes. Mourir me semblait presque facile, un écho à la vie, un arrêt des souffrances qui en sont le legs. Une sorte de délivrance après l'effort. Mais la mort concerne aussi les autres, tous ceux qui vous aiment, sommés malgré eux de consommer son banquet funeste, elle est un véritable séisme qui jette impitoyablement à terre.

Naïs a quitté la pièce pour se réfugier dans la cuisine. Je l'observe, de dos. Sa silhouette fine, écrasée par le chagrin, est secouée de légers spasmes. Je jurerais qu'elle pleure, sans aucun bruit.

— Je suis un imbécile, je lui fais du mal ! se reproche Olivier à haute voix. Il observe lui aussi sa femme, le cou tendu, les yeux brillants de fièvre et rongé par la culpabilité.

— Ne dis pas ça.

— Cette maladie est une vraie merde, mes terreurs me rendent égoïste.

Je me lève pour rejoindre Naïs. Peut-être ne devrais-je pas être là, peut-être ne suis-je qu'un tiers pesant et empoté. Comment aborder Naïs, moi qui n'ai plus touché personne depuis des mois ?

— Je te prépare un café ?

Naïs acquiesce d'un hochement de tête. Je m'exécute silencieusement et la rejoins avec deux expressos.

— J'ai la trouille Ambre, me confesse-t-elle en agitant compulsivement sa petite cuillère dans le noir profond et bleuté du café, les yeux rivés dans le fond de la tasse.

— Je sais.

— J'ai peur de mes sentiments, de ce qui nous attend demain. J'ai peur pour lui, peur pour moi, peur pour nos enfants. La maladie est en train de me briser. Je n'imaginais pas ce que cela pouvait représenter de vivre au quotidien avec elle. C'est un vrai coup de fer. Le cancer rythme toutes nos journées. Il nous impose ses contraintes, son univers et jusqu'à ses odeurs. Je vis dans une maison qui n'en est plus une. Notre chambre qui était un refuge, un sanctuaire, le lieu de toutes nos communions, où nous avons ri, rêvé et joui est devenue une chambre d'hôpital, médicalisée, angoissante et austère. Castratrice. La douleur est dans les murs. Je ne peux même plus dormir avec Olivier, il a besoin d'espace pour être confortable. La nuit, je l'écoute respirer. Tous ces bruits me hantent, j'ai peur qu'il s'étouffe. Je n'ai plus d'énergie. Je m'englue et j'ai mal.

Naïs parle d'un jet, comme si elle déversait la crue de mois entiers de pensées.

— Aujourd'hui, il n'y a plus aucune trêve. Olivier n'est plus le même père qu'avant, il doit se recentrer sur lui et sa souffrance physique ne lui permet plus d'être un pilier. J'aimerais le protéger mais je ne veux pas l'infantiliser. Ce serait un mal supplémentaire. Malgré mon amour, je n'arrive pas à le soulager, à l'accompagner comme je le souhaiterais, à trouver la bonne distance. Je ne me sens pas à la hauteur... ajoute-t-elle avec un sourire grimaçant.

— Naïs, tu te bats pour lui avec énormément de courage.

— Tu parles. Je me sens complètement démunie. Mes sentiments aussi me terrifient : un jour, l'espoir totalement irrationnel que tout reviendra comme avant, le lendemain le désespoir et la colère ! Certains matins, je me réveille avec cette idée folle qu'Olivier m'attend dans la cuisine, en pleine santé, souriant, des projets plein la tête. Je descends les marches, j'ai le cœur qui bat vite, je me mens. Dans la cuisine, il n'y a pas mon homme. Il n'y a rien d'autre que le silence. Certains jours, j'en veux presque à Olivier de m'avoir entraînée dans cette nouvelle vie que je n'ai pas décidée. Je me déteste de cette colère-là, injuste et si aigre.

— Ne te fustige pas. Tes sentiments, aussi violents et paradoxaux soient-ils, sont tous naturels et sains. Tu ne dois pas te perdre dans ce combat que tu mènes avec lui. Tu as besoin d'exprimer toutes ces émotions, de les sortir de toi et d'en passer le relais. Je te trouve très forte.

Pulsion. Mes yeux rivés dans les siens, je me dresse et la prends dans mes bras. Je reçois la chaleur de son corps, le chatouillement tiède de son souffle et le poids de sa peine. Ses cheveux en aiguilles qui me piquent le cou. Et une certaine forme de reconnaissance, complexe et lumineuse, qui circule librement sans un mot... Exuviation, je suis un crabe qui se libère d'un coup de sa carapace, plus vulnérable et plus fort à la fois. Je resserre l'étau de mes bras sur elle. Olivier, soulagé temporairement de ses douleurs, s'est endormi...

(Le dessin)

— Papa, je peux m'installer près de toi ?

La main sur la poignée de la porte, Tom attend sagement mon feu vert, en pyjama, son doudou à la main. La lumière découpe, en contre-jour, sa silhouette et les arabesques de ses cheveux : petit théâtre d'ombres dont j'ai seul le privilège ce matin. Son lapin, tenu par une patte, laisse pendre ses oreilles en coton Liberty.

—Tu n'es pas parti à l'école mon bonhomme ?

Tom me dévisage, incrédule :

— Nous sommes mercredi, je crois que tu es dans la lune mon petit papa !

Il a raison : je suis dans la lune ou plutôt sur la Lune. Astronaute expatrié, coupé du monde et de ses vibrations, prisonnier d'un corps aussi rigide qu'une combinaison spatiale. En orbite. Avec un apport en oxygène devenu critique. Le temps que nous partageons n'est d'ailleurs plus le même : celui de Tom est un temps ancré dans la vie, mesurable, objectif, factuel : lundi, mardi, mercredi, huit heures, midi, quinze heures. Le temps des dessins animés, celui du goûter, celui du coucher. Le mien est un temps intérieur, un temps de perceptions qui se fragmente, se comprime, se dilate selon l'intensité de mes émotions et de mes sensations, mes réticences psychologiques, le flux de mes souvenirs, les annonces qui se succèdent, les effets des soins, de la maladie ou de la morphine. Mes journées ne présentent plus le moindre relief au point qu'il m'arrive même, comme aujourd'hui, de ne plus savoir quel jour nous sommes.

— Je suis un peu distrait, excuse-moi. Viens ma puce.

Tom propulse la peluche dans les airs avant de disparaître. Le petit veilleur de nuits atterrit sans bruit à mes pieds, aussi léger qu'un songe, tandis que les talons de mon petit homme résonnent lourdement, au pas de course, dans le couloir. Tom revient après une minute, concentré à tenir l'équilibre, entre le coude et les côtes, d'un gros pot de crayons de couleurs.

— Voilà, j'ai tout. Tu me fais une place ? me commande-t-il d'un large sourire en déversant sur le lit le contenu du pot.

J'obéis, ravi de cette invasion de couleurs et me hisse sur les avant-bras pour me déporter sur le côté. Grimace. Mon corps, jusqu'ici docile, est devenu en quelques mois cet être cynique et désobéissant, étranger, sur lequel je n'ai plus de maîtrise.

— Tu veux que je t'aide ?

Non mon bébé, il n'est pas question que tu m'aides. Je ne souffrirai pas devant toi l'affront de ma dépendance. Aussi malhabile qu'un pantin, j'arrache, dans un sursaut, quelques centimètres à ma servitude. Tom se blottit contre moi. Je respire son parfum d'amande douce, en caressant doucement la masse ambrée de ses cheveux.

— Qu'est-ce que tu comptes dessiner mon chéri ?
— Notre famille.

Quelques coups griffonnés et apparaît sur la feuille son double multicolore. À ses côtés, Tom dessine les contours d'un siège. Mon fauteuil.

—Je vais te mettre des coussins, tu seras mieux. De petites masses rondes et colorées ont maintenant poussé sur les bras et l'assise du fauteuil. Un vrai linceul dont je n'arrive plus à m'extirper sans l'aide de Naïs ou des infirmières, mais un linceul rendu douillet et ouaté par quelques coups de graphite. Tom finit par me placer au-dessus de la structure épaisse du fauteuil, flottant, ascétique, avec le sourire fin et bienveillant d'un Bouddha venu méditer plus à son aise, sur les versants molletonnés de l'Occident. Je ris.

— On dirait que je vole ! Je suis Buzz l'éclair.

Heureux de sa trouvaille involontaire, Tom se penche sur le dessin pour faire corps avec lui. Avec une application malicieuse, il lit à haute voix, en même temps qu'il l'écrit, la devise zélée du soldat astronaute : « Ici BUZZ L'ECLAIR, menbre de la patrouille Gamma du secteur 4, unitée d'élite de protecsion universèle des Rangers de l'espace. Je défens la galaxie contre la menace d'invasion de l'infame empereur Zurg, énemi juré de l'alience sidéral. »

Tant pis pour les fautes. Il y a quelques mois, j'aurais estimé nécessaire de reprendre, une à une, les perles biscornues de ce chapelet d'écriture. « Tom, le n est remplacé par un m devant le b et le p. Sidéral est un adjectif qualificatif qui s'accorde en genre et en nombre avec le nom auquel il se rapporte, alliance, qui est féminin. Universelle ne prend pas d'accent mais double sa consonne comme tous les adjectifs en el : réel, artificiel, annuel par exemple. » J'aurais rappelé les paradigmes de conjugaison du verbe défendre, sourd à l'idéal grandiose de ce héros. Aujourd'hui, l'orthographe, la graphie, ces vecteurs de communication dont j'estimais si importante la maîtrise pour donner de toi la meilleure image, quand tu seras grand, quand tu écriras tes lettres de motivation et ton curriculum vitae, sont devenus accessoires. Buzz l'éclair à d'autres chats à fouetter que les accents circonflexes manquants sur la boutonnière de l'infâme empereur Zurg, implacable ennemi qu'il ne connaît que trop bien pour l'avoir dans la peau depuis des mois. Peu importe pour Buzz que les mots soient bien alignés, bien calligraphiés, calibrés, peignés et parfumés, rangés sagement dans leur boîte à images. L'astronaute n'a plus le temps, la mission touche à sa fin et ses priorités ont changé.

Et puis, Buzz l'éclair est infiniment touché : lui qui ne parvient plus à respirer, pour qui chaque déplacement est devenu une épreuve, lui qui vit dans la douleur de se dégrader chaque jour un peu plus apparaît encore comme un héros aux yeux de son fils. Grand. Souriant. Invincible. Ne rien perdre de la magie de cet instant.

— Maintenant, maman.

Le crayon chair ébauche le visage : une petite bille d'argile rose sur laquelle Tom plante, comme des clous de girofle, deux yeux ronds brun foncé parés de quelques longs cils en étoile. Un petit cylindre pour le cou, un nez en c, minuscule. Le sourire en arc de cercle, lisse et symétrique. La coiffe carrée et dentelée d'un Playmobil, couleur puce. Enfin, une robe trapèze vert gazon et de grandes bottes carmin qui montent jusqu'aux genoux. Naïs ressemble à une poupée modèle dans un univers en Colorama réduit à douze teintes.

— Elle est magnifique.

— Tu me racontes encore la première fois où tu l'as vue ? me demande Tom, avec une délectation anticipée.

Je lui ai fait cent fois le récit de notre rencontre. Tom m'a écouté cent fois, avec un plaisir jamais démenti. Chaque couple se construit sur un mythe, l'idée d'une singularité, d'une prédestination qui le renforce et injecte dans ses bases une dose de merveilleux : un lien unique, fatidique, exclusif de toute autre possibilité, dans notre monde si matérialiste, confine au sacré. Tom est amoureux de l'idée selon laquelle il est la chair de cette inéluctable union. Notre histoire est son autel, son premier pôle de croyance, plus envoûtante encore que les contes dont nous l'avons bercé. Je feins de résister, pour attiser son envie.

— Je vais t'ennuyer avec mes souvenirs d'amoureux.

— Pas du tout, raconte-moi !

— D'accord. Mais si je me répète, tu ne pourras pas m'en vouloir.

— Je t'écoute ! ordonne-t-il, fébrile.

— C'était à Paris, le vingt-huit mai, mon premier séjour dans la capitale. Une jeune fille allait changer ma vie dans quelques minutes. Comme l'air était très doux, j'avais arpenté la ville pendant des heures. Je terminais ma promenade dans le Jardin des Plantes : de grandes allées de platanes taillés en rideaux, de longs parterres de tulipes, narcisses, roses, dahlias. Magnifique. Comme j'étais un peu fatigué, j'ai décidé de faire une pause. Direction le salon de thé de la Mosquée de Paris pour m'asseoir un peu avant de reprendre le métro, place Monge. J'entre dans le patio, toutes les tables sont prises. J'entre dans la salle du restaurant et je m'assois sur une des longues banquettes pourpres. Maman sera là dans quelques secondes et je suis à mille lieues d'imaginer qu'elle va bouleverser ma vie. Le serveur pose sur la table un verre translucide. Du thé à la menthe, brûlant, très sucré. Je porte le verre à mes lèvres, et là...

Volontairement, mon récit s'est suspendu.

— Et là ? sonde-t-il, les yeux écarquillés, aussi curieux qu'un chat dont les vibrisses auraient détecté, dans les vibrations de l'air, quelque chose d'inconnu et de fait totalement irrésistible.

Je savoure ces quelques secondes de faux suspens, Tom connaît la suite de mon récit avec plus de précision que moi. Il pourrait corriger la moindre erreur glissée dans le scénario. Didascalie immuable. Lieu de l'action : le salon de thé de la grande Mosquée de Paris. Indication de temps : vingt-huit mai en fin d'après-midi. Description du décor : salle d'inspiration hispano-mauresque, banquette pourpre devant laquelle un grand plateau doré martelé fait office de table. Entrée imminente du personnage principal, maman. Costume : robe en crêpe bleu marine.

— Et là… une décharge électrique me traverse des pieds à la tête et me hérisse poils et cheveux : une personne vient de me foudroyer en me frôlant pour s'installer à ma droite sur la banquette. Maman. Bien sûr, elle ne m'a pas encore vu. Une reine peut-elle voir un simple sujet ? Moi, je ne vois qu'elle et sa beauté me décroche littéralement la mâchoire.

— Montre-moi.

C'est son passage préféré, la réplique d'une scène culte de dessin animé mais avec un papa loup chaste et pudique, la langue collée au menton par simple fulguration esthétique et non du fait d'une érotomanie sévère. Je mime la bête, dévorée par le feu d'une passion secrète et retenue. Langue pendante, yeux exorbités. Tom jubile.

— Elle est incomparablement belle. Des cheveux blond foncé, soyeux. Un large front, noble et délicat. Des sourcils parfaitement dessinés. Des yeux verts pailletés de brisures d'or. Un petit nez droit et fin. Des lèvres fardées de rouge, un duvet blond qui court le long de la nuque. Un cou frêle. La peau lumineuse et transparente. Des bras élancés, des mains étroites aux doigts longs. Une robe légère, en crêpe bleu marine, à col rond, avec de courtes manches ballon. Elle commande un thé à la menthe, ouvre son étui à lunettes, fait glisser ses lunettes en écaille sur le nez, fouille dans sa besace en cuir pour en sortir un roman. Tous ces gestes, anodins, magiques, en se superposant, créent une harmonie parfaite. Bien évidemment, j'ai passé mon temps à la dévorer du regard, à décortiquer le moindre de ses mouvements : le thé porté à ses lèvres, les pages qui se tournent, les lunettes remontées machinalement du bout de l'index. Si bien que maman a fini par se rendre compte qu'elle était l'objet de ma curiosité et de ma dévotion. Elle a commencé à vérifier régulièrement ma présence, en jetant des coups d'œil furtifs derrière le verre de ses lunettes, apparemment indifférente, poursuivant sa lecture et sa dégustation. Juste le temps de s'assurer qu'elle continuait d'exercer sur moi la même fascination. Au dernier coup d'œil lancé à la dérobée, je n'étais plus là. Maman ne m'avait pas vu me lever. Déconcertée et contrariée, elle a posé son roman sur la table basse et s'est tournée pour me chercher du regard. J'étais debout, près d'elle, avec une assiette de pâtisseries orientales et deux cuillères. Elle a ri, un peu gênée. J'ai ri aussi, je me suis assis à sa table et nous ne nous sommes plus jamais quittés.

— Quand est-ce que tu l'as embrassée ?

— Quelques heures plus tard. Plus question pour moi de reprendre le métro place Monge, je ne voulais pas qu'elle m'échappe. Nous avons flâné dans les rues voisines. Le soleil commençait à décliner, il fallait que je me presse. Sur le pavé de la rue des Thermopyles, au milieu des glycines, j'ai trouvé le courage de glisser ma main dans la sienne. Elle a souri. Sa main frêle était douce comme le plumage d'un oiseau. Devant le portail n° 19 de la cité Bauer, je l'ai embrassée. Je ne pouvais pas me dégonfler. Le portail en bois, avec un énorme cœur en ferronnerie orné de tulipes portait l'inscription : « Soyez les bienvenus. » Une véritable invitation. Maman ne m'aurait pas pardonné de manquer une occasion aussi romantique. Après quelques jours, je devais repartir mais mon cœur, lui, était resté à Paris, bien au chaud dans un sac en cuir, entre un étui à lunettes, un roman et un rouge à lèvres. J'ai pris le train chaque week-end pour rejoindre maman et après deux mois, je lui demandais de m'épouser.

Tom reprend le crayon chair pour compléter son dessin. Un cotillon rose, deux billes bleues qui ouvrent des fenêtres azur dans une chair de porcelaine, le sourire en arc de cercle, lisse et symétrique de sa mère, deux couettes tressées de chaque côté du visage, une frange courte et droite : Myriam qui, le soir, sacrifie au même rituel de beauté, tresser ses cheveux de manière serrée pour partir au lycée le lendemain avec la chevelure ondulée d'une sirène caucasienne.

— Et après deux ans, ma sœur est née ! conclut-il, satisfait comme s'il venait de démontrer brillamment une vérité mathématique.

— Absolument.

— Tu sais, moi aussi, j'ai une fille dans mon cœur. Elle est très belle, je crois que c'est la femme de ma vie mais comme elle est au CM2, elle me regarde à peine. J'ai tout essayé : faire le pitre, battre mes copains à la course. Pour l'impressionner, j'ai même tenté un baby freeze dans la cour de l'école mais je m'y suis mal pris et je suis tombé sur le côté. La honte...

— Vous n'avez qu'un an d'écart d'âge, je doute fort que ce soit le problème. Est-ce-que tu as essayé de t'intéresser à elle ? Je ne suis pas un spécialiste mon chéri mais, si j'entends bien, tu as surtout cherché jusqu'à présent à attirer son attention. Tu es resté centré sur toi. Elle a peut-être simplement besoin d'apprendre à te connaître. Propose-lui de partager ton goûter à la récréation. Je connais le jour parfait, celui où maman a cuisiné son sublime gâteau au chocolat. La femme de ta vie ne pourra que succomber et ce sera pour toi le moment idéal pour discuter avec elle. Je suis certain que tu transformeras l'essai.

— Pas bête ! C'est un plan redoutable, le gâteau au chocolat de maman. Je n'y avais pas pensé. On travaille mieux en équipe, tu es un bon capitaine, pa'.

Tom s'accroche à mon cou et me couvre de minuscules baisers. Dans son impulsion, son petit corps appuie involontairement sur mon port-à-cath. De manière réflexe, j'accuse un mouvement de retrait.

— Je vais demander à maman qu'elle prépare son gâteau magique cette semaine et je te tiendrai au courant de la suite.

— Entendu mon bonhomme. Je suis un peu fatigué maintenant, il faudrait que je me repose. Je suis très heureux que tu sois amoureux. Ne sois pas impatient. Même si cela ne semble pas fonctionner tout de suite, je suis certain que tu parviendras à toucher le cœur de ta belle.

— Ok. Je l'approche avec mon philtre d'amour et j'attends.

Je ris de sa conception encore très vierge des sentiments même si ses confidences m'ont ému : il grandit, son univers affectif s'élargit et se densifie. Il observe, expérimente, tâtonne, déploie ses premières armes, réfléchit à ses premières stratégies amoureuses. Il apprendra l'échec, le chagrin, apprendra aussi à se relever, à en tirer de la force. Tom grandit. Je suis étonné et fier des premiers frémissements de sa métamorphose. Je suis triste aussi car je n'aurai pas le temps de le voir devenir un homme.

Tom rassemble les affaires éparpillées sur le lit. Avant de le laisser partir, je reprends son dessin et contemple ma maigre silhouette au-dessus du fauteuil. Buzz l'éclair pourrait être un allié précieux pour lui annoncer, sans trop de rugosité, les nouvelles dispositions que la maladie me commande de prendre. La situation ne saurait être plus propice. Ma main hésite quelques secondes avant de saisir un crayon.

— Viens une minute mon bonhomme. Je dois te confier quelque chose.

Tom, heureux de prolonger cette parenthèse, se cale au creux de mon aisselle.

— Tu sais qu'il n'y a pas d'oxygène dans l'espace. Alors, d'après toi, comment Buzz l'éclair parvient-il à respirer quand il sort de son vaisseau spatial ?

— J'imagine qu'il a des bouteilles d'oxygène collées à sa combinaison, un peu comme un plongeur.

— Oui, c'est à peu près ça. L'astronaute porte au dos de sa combinaison un ensemble d'équipements très compacts qui remplissent plusieurs fonctions comme le maintien de la pression, l'apport d'oxygène pur, l'absorption du gaz rejeté par l'astronaute, le gaz carbonique, le maintien de la température. Tous ces équipements le maintiennent en vie.

Pendant que je détaille les paramètres techniques

associés à la survie présumée de mon alter ego, ma main dessine nonchalamment deux fils qui, depuis une bouteille fixée au dos de Buzz l'éclair, viennent terminer leur trajet dans ses narines.

— Tu connais ma mission mon bonhomme, combattre l'infâme Zurg. Pour ça, j'ai besoin de plus d'oxygène. Tu as remarqué que je m'essouffle vite, je tousse beaucoup...

— Tu craches aussi.

Le plaisir a cédé à la gravité. Je crache en effet, très souvent, après avoir essayé de dégager mes voies respiratoires dans des râles rauques et impuissants. Des râles que je ne peux étouffer. Pour ne pas vous alerter, toi et Myriam, je prends soin de ne jamais laisser traîner mes mouchoirs, surtout lorsqu'ils sont tachés de sang. Mais ce que tu ne vois pas, tu l'entends derrière les murs trop fins de ta chambre.

— Oui, mes poumons sont très encombrés et l'air que tu respires ne me suffit plus. D'ici la fin de la semaine, une société viendra installer à la maison un concentrateur d'oxygène qui me permettra de mieux respirer. Il me faut une assistance. Je ne veux pas que ce dispositif t'effraie ou t'impressionne. Dis-toi que je serai plus fort.

— Tu porteras une combinaison ?

— Non. Ça ressemble à un petit meuble à roulettes, branché sur une prise de courant. Cet appareil électrique utilisera l'air de la pièce, séparera l'oxygène des autres gaz et me fournira l'oxygène à des concentrations plus élevées. Deux fils partiront du concentrateur jusqu'à moi. Les petits tuyaux qui amènent l'oxygène passeront au-dessus de mes oreilles et termineront leur trajet dans mon nez.

Silence. Tom encaisse avec amertume le contraste entre la vie rêvée de Buzz et l'aliénation de ma maladie.

— Je déteste Zurg ! grogne-t-il en se recroquevillant.

Il attrape nerveusement son lapin, le serre contre son cœur et plonge dans l'odeur familière et réconfortante de ses fibres.

— Et moi je t'aime...

Je le serre fort contre moi, désireux d'absorber un peu de sa peine. Je suis piégé. Entré dans la nasse, je m'enfonce toujours plus profondément. La cage suivante sera la dernière. Je ne retrouverai plus la sortie.

(Saint-Sylvestre)

— Merci d'être là Ambre. Nous sommes très heureux que tu te joignes à nous ce soir.

Naïs m'étreint longuement, m'enveloppe d'un parfum de vanille. Elle me débarrasse avec une exubérante civilité de mon poinsettia avant de m'indiquer où je peux trouver Olivier.

— Il est dans la chambre. Méfie-toi, il est très entouré, s'amuse-t-elle par anticipation devant mon excessive retenue.

Des invités discutent dans chaque pièce, j'entends des éclats de rire, de la musique. J'expire lentement, tout ira bien...

Il y a quelques mois, accidentellement, je rencontrais, craintive et défiante, un homme que ma souffrance m'avait conduite d'instinct à rejeter. Je n'avais pas de place pour lui. Je n'en avais pour personne, pas même pour moi. Pris dans des mâchoires de fer, mon cœur dégorgeait trop de sang. Aujourd'hui, Olivier m'a apprivoisée et son amitié m'a extraite de mon retranchement. Un improbable pari. Ma place, ce soir, ne saurait être ailleurs qu'auprès de lui. En montant les escaliers, mon regard s'arrête sur un pêle-mêle de photographies très récentes, fixées à même le mur, toutes prises en huis clos : l'univers physique d'Olivier s'est resserré, les zones de déplacements se sont progressivement réduites, comme autant de cercles concentriques qui retourneraient, contre-nature, à leur point source : domicile-hôpital, appartement et jardin, appartement, chambre et salle de bains, et, depuis peu, le lit où se concentrent tous les soins et toutes les luttes.

Ici, Olivier, dans son lit, provoque l'hilarité de ses enfants, feignant d'être absorbé dans la lecture d'un roman, une pancarte de porte « Ne pas déranger » accrochée facétieusement à son oreille. Là, un cliché plus dur et sensible : sa fille, devenue une mère pour son propre père, lui donne à manger à la cuillère, attentive à ne rien laisser couler de ses lèvres. Des dizaines de photographies comme autant de feuilles d'une éphéméride, témoins de chaque visite, de chaque jour gagné sur la maladie. Je me reconnais plus loin, le jour de notre repas commun avec Alexandre, Nathan, André et Lili.

Juxtaposé à mon portrait, un stupéfiant agrandissement de mon œil droit : iris olive émaillé de gouttes d'or. Le flash de l'appareil a imprimé au-dessus de ma pupille un deuxième disque immaculé. Œil rond empli d'interrogations, bordé de cils longs et fins en aiguilles, couronné d'une délicate arcade de sourcils parfaitement disciplinés. Un œil suspendu comme un astre noir dans une chair laiteuse, qui diffuse sa mélancolie et s'excuse presque de sa sensualité. Naïs, derrière l'objectif, a su rendre compte malicieusement et sans apprêt de cette féminité, son regard de femme me cajole : je redécouvre, à travers sa sensibilité, la beauté de mon visage. Figurer dans son cercle intime me touche profondément.

En haut des escaliers, je m'arrête un instant devant l'encadrement de la porte. Olivier est étendu sur le lit, la tête redressée par des coussins, relié à une encombrante bouteille d'oxygène fixée sur un mécanisme mobile. En trois mois, il a perdu presque dix kilos, ses muscles ont fondu. Son corps, osseux et affaissé sous les draps chiffonnés, ressemble à celui d'un enfant qui peinerait à remplir l'espace d'un lit trop grand pour lui. Une masse dense et bruyante de corps fédérés autour de lui, sous la protection immatérielle et affective de leur berger. À ses pieds, son fils ne le quitte pas des yeux : petit marin fragile, mis à mal dans une mer houleuse qui cherche les signaux lumineux d'un phare pour ne pas se briser contre les récifs. Je m'avance et m'installe contre Olivier après avoir salué ses proches. Je ne connais pas tout le monde, peu importe. L'essentiel, pour chacun de nous, se trouve au centre de ce lit.

— Tu en as mis du temps pour arriver jusqu'à moi, j'ai failli venir te chercher, s'amuse-t-il, avec un sourire fatigué.

— Je suis honorée d'être à tes côtés. Comment te sens-tu ?

— Je suis un vieillard heureux. Si je le pouvais, je te prendrais par la taille pour te faire danser. Tu m'excuseras, je n'ai plus de jambes ce soir. Tu t'en tires à bon compte, badine-t-il avec tendresse en déposant un baiser sur mes cheveux.

Mes yeux se voilent. Ma pudeur accuse dans ce trait l'offrande remarquable de la sienne, une politesse qui a toujours tu la souffrance et les ravages physiques endurés, y compris à cette heure où Olivier se sait déjà dans l'antichambre de la mort.

— Je descends aider Naïs, à tout de suite.

Je m'agrippe à la rampe, mes jambes se dérobent. À l'angle des escaliers, je reconnais Alexandre, les yeux rougis, le visage contracté et pâle. Je m'approche de lui en vacillant. Nous sommes à quelques dizaines de centimètres l'un de l'autre, face à face. Il m'ouvre grand les bras, je me réfugie contre lui. Ses bras se referment sur moi, mes doigts glissent dans son dos.

— C'est tellement dur, me confie-t-il dans un murmure à peine audible.

L'aveu d'une douleur sanglée et gainée qui ne s'entend que peau à peau et ne souffre aucun public. Mes doigts se raidissent, mes ongles se plantent dans le tissu de sa chemise, je me colle davantage à lui, pour respirer sa peine et étouffer la mienne. Je sens ses mains qui se déplacent nerveusement sur moi, remontent à la base de la nuque, empoignent le crâne et les cheveux. Mes pupilles vissées aux siennes, je reçois l'ambroisie de ses caresses. Sa bouche se pose sur ma joue, la mienne se pose symétriquement sur sa peau. Ses lèvres s'ouvrent, je sens le contact étrange et humide de sa langue qui amorce des mouvements circulaires. Je lape sa joue, comme je lécherais un doigt entaillé, pour aider à cicatriser la coupure. Je ne pense plus, je ne ressens plus de douleur. Lèchements instinctifs mutuels, de réconfort. Sa salive agit comme un onguent. Ses lèvres mobiles, aériennes, rasent la commissure de mes lèvres, mes paupières, mes oreilles, mon menton. Nous ne sommes plus qu'un seul corps, qui se répare et panse ses plaies.

— Merci Ambre. Je vais tâcher d'être plus fort, Olivier montre tellement de courage. Il nous oblige, n'est-ce pas ? C'est un soir de fête, alors fêtons-le dignement.

Alexandre sèche ses yeux d'un revers de main, tapote énergiquement ses joues et se dirige vers la chambre, méconnaissable.

— Vaurien, paresseux, tu n'es pas encore sorti de ton lit ? grommelle-t-il, les yeux écarquillés.

Une vague de gloussements et de sifflements aigus accueille immédiatement l'apparition de l'alchimiste qui purgeait sa douleur dans mes bras il y a encore quelques secondes. Le rire est médecin. Une composante primitive de nous-mêmes, identificatoire, qui offre cette capacité miraculeuse et lumineuse de réinjecter la vie de manière réflexe.

— Besoin d'aide ?

La cuisine est comble. Un parfum suave et profond de chocolat noir flotte de manière puissante dans la pièce : sous la main amoureuse de Naïs, de petites masses brunes accomplissent docilement leur conversion liquide dans une jatte placée au cœur d'une eau frémissante, absorbant le parfum plus réservé des autres aliments. J'observe le rythme fluide des mains qui travaillent en réseau, de manière synchrone, sous l'autorité efficace de notre hôtesse.

— Oui, avec plaisir Ambre, trouve une place et commence à égrainer les grenades. Pense à retirer la peau blanche autour des graines, pour éviter l'amertume. Ensuite, tu concasseras les pistaches. Tu as tout ce qu'il te faut ici, la planche, un torchon propre et le rouleau à pâtisserie.

Je prends place et amorce le patient décorticage des fruits...

— La mâche doit être rincée, dicte-t-elle d'un large sourire nerveux, les joues rougies par la chaleur.

À mes côtés, une jeune femme blonde et potelée, à la frange épaisse, endosse avec une satisfaction gourmande son rôle de commis de cuisine, un torchon glissé dans les passants de son jean.

— Les pommes de terre, les patates douces et les oignons sont épluchés. J'ai fendu les poivrons en deux. J'attends les consignes, chef.

Elle tend le bras vers moi, goûte les premières arilles rouge vif sorties des loges de la grenade et me lance un clin d'œil complice, l'index sur la bouche pour me commander de garder le silence sur ses rapines. Je lui souris.

— Merci Annabelle. Tu coupes tout en morceaux grossiers, tu arroses d'huile d'olive. Sale, poivre, ajoute trois cuillères à café d'ail en poudre, quatre cuillères de paprika. Tu mélanges bien le tout et tu déposes autour des pintades. Camille vient de finir de les pocher. Préchauffe dès maintenant le four à deux-cents degrés. Pense à arroser régulièrement les pintades avec leur jus de cuisson.

— Tout le monde à table !

Les mains en cornet, Naïs vient d'annoncer l'achèvement de notre travail en coulisses. Après une heure énergique consacrée à concasser, décortiquer, rincer, battre, déglacer, napper, réduire, rôtir, l'heure est maintenant au partage et à la Cène.

À l'étage, tous les invités se pressent bruyamment, suivis par Alexandre et André qui portent Olivier à bout de bras dans un fauteuil. Faible comme une poupée de chiffon, avec l'aura d'une icône, relié par un long fil à sa survie. Lili, au bas des escaliers, porte ses doigts à la bouche pour siffler avant de tonner :

— Faites place !

— Votre sceptre, majesté, ajoute-t-elle, s'inclinant dans une révérence bouffonne avant de lui tendre une cuillère de bois destinée au service.

Alexandre l'emmitoufle avec prévenance dans un plaid :

— Votre manteau, Sire.

— Et votre couronne, s'amuse Naïs en le coiffant de son bonnet de laine.

Délecté par ces grimaces et affublé de ses regalia de théâtre, Olivier pose, heureux, au centre de sa cour, diamant enchâssé entre les rangs solides de ses proches :

— Merci à vous, fidèles sujets. Je tenais à vous dire ce soir, avant la naissance d'une nouvelle année, à quel point je suis heureux de vous avoir à mes côtés. À quel point je vous suis reconnaissant de votre soutien, de vos rires, de votre patience, de votre présence... et de vos bêtises. On ne dit pas assez souvent aux gens que l'on aime à quel point ils sont précieux pour nous. C'est le moment pour moi. Je vous aime. Merci à tous. Que cette nouvelle année vous apporte le meilleur. Et avant tout, la santé !

Olivier lève sa flûte, suivi à l'unisson par l'ensemble des invités. Sur son trône en mousse polyuréthane, il incarne ce soir mes espérances et exerce sur nous tous son empire.

(Requiem païen)

« Ce n'est pas tout de dire la vérité, toute la vérité, n'importe quand, comme une brute : l'articulation de la vérité veut être graduée, on l'administre comme un élixir puissant qui peut être mortel, en augmentant la dose chaque jour pour laisser à l'esprit le temps de s'habituer. »
V. Jankélévitch

— Entre ma fée.

Olivier a pour lui l'art de la convivialité, chaque mot qu'il adresse harponne le cœur. Cet après-midi, je suis descendue sans invitation de sa part, happée par la gourmandise de notes qui se répandent en écume sous le seuil de sa porte. À cet instant, une mélodie lente, au contour fluide, sur laquelle déclame une voix masculine au registre très grave. Je remercie Naïs, venue m'ouvrir, et retrouve Olivier, carré dans la masse de ses oreillers.

— Tu fais une pause musicale ?

— En quelque sorte, rétorque-t-il avec le plus grand sérieux, viens, partage ce moment avec moi.

La chambre est plongée dans l'obscurité, ce dont je m'étonne immédiatement à haute voix.

— Je ne veux pas me laisser distraire, répond-il avec une dignité grave.

J'acquiesce en m'installant près de son lit et me promets de ne plus l'interroger. Le morceau diffusé, mélange de folk et de gospel, m'est totalement inconnu. La tessiture du chanteur et son rythme récitatif sont très particuliers. Je prête l'oreille. Chapelet d'alléluias qui résonnent de manière lourde en avant d'une base vocale féminine. Saisissant comme un cri, beau aussi.

— Qui est-ce ?

— Cohen. « Hallelujah. » Ce morceau, c'est pour moi... la chair à nu, les corps prêts à en découdre et à s'offrir. La maladie me castre, elle m'interdit le sexe mais le sexe est partout, y compris dans la musique. Et ce que mon corps ne peut plus assouvir, mon esprit peut encore l'atteindre. Ma pensée trouve des prises là où mon corps a renoncé.

Dans la pénombre, je perçois le regard tendu et vibrant d'Olivier. Regard de fauve, à la pupille verticale, vissé sur un objet mental. Olivier ne me voit plus, il est devenu félin, tapi dans un rai lumineux de souvenirs. Imprimé sur sa rétine, le souvenir animal : les muscles bandés, la sueur, les halètements, l'abandon. Le corps, lieu de l'alliance où l'on s'oublie à l'autre et où s'opère, un court instant, la transmutation de l'instinct en sacré...

La musique s'est arrêtée depuis plusieurs minutes lorsque Olivier revient à un état ordinaire de conscience.

— Veux-tu que je te laisse seul ?

— Je ne le souhaite pas Ambre, reste avec moi si mon intimité ne te gêne pas.

Olivier tend son bras avec beaucoup de raideur, la maladie l'empèse. Je regarde avec souffrance son corps amaigri, ses gestes lents et si difficiles... Il sort le disque de l'appareil pour y glisser un autre. Notes de piano, lentes, nostalgiques. « Just a perfect day, drink sangria in the park and then later, when it gets dark, we go home... » Des paroles aux qualités presque photographiques. Univers urbain, évocation de moments doux dont la simplicité fait toute la force. Quels sont ces instants qui ont soutenu dans ma vie l'éclat d'un jour parfait ? Mes paupières se ferment, mes sens retrouvent leur mémoire.

Les rires cristallins de ma mère et ses baisers doux sucrés, le ventre de mon père, couvert de poils, comme un épais matelas. Sa voix réconfortante, mon pilier de soutènement. Le potager de mon grand-père et ses créatures végétales : les groseilles à maquereaux, perles acidulées et veinées de blanc, alambics translucides dans lesquelles la lumière, captive, était distillée ; les cornichons, petites cornes boursouflées nées, malgré leur pesanteur et leur condition terreuse, de fleurs citron nourrissant sur leur corolle l'ambition des étoiles. Les haricots à rames, défiant la gravité sur des rampes volubiles... Je me suis rendue dans ce jardin des centaines de fois, heureuse de cette intimité naturelle que je nourrissais avec les plantes et que je ne retrouvais pas avec mes pairs.

Les heures passées à écouter les suites pour violoncelle de Bach, le chant des oiseaux de Casals... Mon corps vibrait sous les frottements de l'archet, caressé, tendu, pincé, effleuré, courtisé, dominé par l'impulsion nerveuse du violoncelliste et l'amplitude de ses mouvements. Il recevait, comme une table d'harmonie, la vibration de chaque note.

Les mains de Léo, conquérantes, envoûtantes, guerrières qui sapaient et effondraient ma résistance.

— Voyages immobiles Ambre, nous sommes quittes.

La voix d'Olivier, très nette, vient de m'extraire de ma rêverie. Je souris et acquiesce, confuse de m'être abandonnée.

— Je pensais aux moments précieux de ma vie, à mon enfance, à mes parents, à quelqu'un que j'ai aimé...

Olivier, attentif, ne dit rien. Il attend que je me livre et j'aimerais pouvoir le faire. Le souvenir de Léo est enkysté, enveloppé dans une coque qui me protège de sa rugosité.

— Tu l'aimes encore ma poupée ? me demande-t-il avec une douceur bienveillante et un impérieux intérêt.

Je ne m'étais moi-même jamais posé la question de manière aussi simple. Est-ce que je l'aime encore ? La décision de Léo m'a d'autant plus torturée et obsédée qu'il m'a fermé sa porte brutalement, sans le moindre mot. J'ai ressenti le manque de sa peau avec férocité. Son absence est devenue au fil des semaines un véritable point de contracture. Et à présent ?

— Je ne sais pas Olivier. J'ignore même si nous nous sommes véritablement aimés. Peut-être nous sommes nous tout au plus réparés mutuellement pendant quelques mois, mais à quel prix ? Notre désir était un emplâtre sur nos fragilités, un pis-aller. Comment peut-on aimer quand on ne s'aime pas soi-même ? J'étais dans l'exigence d'être aimée, conquise et dans la dévotion, mais sans savoir ce que je pouvais donner. Notre relation était un simple jeu de miroir où chacun se reflétait dans l'autre pour se sentir plus vivant. Dans les « Je t'aime » que tu offres à Naïs, il y a une bienveillance qui s'étend sans obstacle. Dans le « Je t'aime » que je lui assénais, il y avait une injonction à m'aimer, une violence inconsciente.

— Viens contre moi Ambre.

La coque vient de se briser. Avec elle le souvenir compulsif et idolâtre que j'avais de Léo, devenu débris et cellules mortes. Je viens de comprendre, simplement, presque accidentellement, la réalité de ma relation avec lui, ou plutôt son absence de réalité. Pendant tous ces mois, je me suis menti. J'ai nourri un fantôme, chéri l'illusion d'avoir été aimée. Léo ne m'a jamais dit son attachement. J'avais interprété son silence comme de la pudeur. Je m'étends sur le lit, me glisse dans les bras d'Olivier, fragiles, amaigris mais si généreux. Je pose ma tête dans son cou, je le respire. Aucun homme avant lui ne m'avait touchée sans intérêt ni concupiscence. Ses bras étiques m'hébergent sans calcul. Ses doigts glacés massent doucement le relief osseux placé à l'arrière de mon oreille. Je me détends et suis mentalement les pressions et rotations de son pouce pendant qu'il me murmure :

— Ambre, ma petite pierre veinée de cicatrices, tu as tellement de valeur. Fais-toi confiance. Tu donnes bien plus que tu ne le crois.

Il ouvre un nouveau boîtier, glisse le disque dans le lecteur. Une voix claire et fragile, séraphique. Des accords de guitare folk. « For you, there will be no crying. For you, the sun will be shining. » Je pâlis. Je repense aux lectures religieuses de mon adolescence, à cette prière de Saint

Augustin que je connais par cœur pour m'en être enivrée lors de la perte de mon père : « Crois-moi, quand la mort viendra briser tes liens comme elle a brisé ceux qui m'enchaînaient, et quand un jour que Dieu connaît, et qu'Il a fixé, ton âme viendra dans le ciel où l'a précédée la mienne, ce jour-là tu reverras Celui qui t'aimait et qui t'aime encore, tu retrouveras Son cœur, tu en retrouveras les tendresses épurées... » Prière qui, superposée au recueillement inaccoutumé d'Olivier, m'apporte un bouleversant éclairage. Olivier n'écoute pas ces morceaux gratuitement mais avec intentionnalité. Il revisite, à travers son propre univers musical, l'intimité de son histoire. Dans quel but ?

— J'aimerais reposer en paix.

Olivier vient de mettre un terme à mon questionnement.

— J'ai peur de mal comprendre Olivier.

— Il me reste vraiment peu de temps, me confie-t-il avec douceur, conscient de la dureté de cette vérité.

Mon corps entier s'est crispé, parcouru d'une décharge électrique.

— Tu as renoncé à te battre ?

Olivier resserre son étreinte.

— Ambre, je n'ai renoncé à rien. Je continue à suivre le protocole de soins. C'est mon baroud d'honneur. J'aimerais un miracle mais je suis athée, dit-il avec une ironie triste.

— Je ne peux pas entendre ça...

— Ce n'est pas facile pour moi non plus. Je dois me préparer à mourir et pour cela, il me reste une chose à faire.

Cela peut te sembler étrange, agressif mais cette démarche m'aide à avancer. Je ne veux pas que la mort me prenne de court et me prive de ma liberté. Je veux pouvoir dire ce que je souhaite aux gens que j'aime avant de ne plus en avoir la force. J'ai tellement peur de ce qui m'attend. Est-ce que je vais souffrir ? Est-ce que je serai encore conscient dans les derniers instants ? J'ai une trouille bleue de m'étouffer.

— Cela n'arrivera pas, les médecins t'aideront...

— J'ai peur aussi de la souffrance de ceux que j'aime, de ce qui leur arrivera après, matériellement, émotionnellement. Je ne peux plus jouer à cache-cache et je dois me poser les bonnes questions : Qu'est-ce que je dois retenir de ma vie ? Qu'est-ce-que je désire transmettre ? Quelles sont mes priorités dans le peu de temps qu'il me reste à vivre ? Quels sont les liens forts que j'ai tissés ? Mes réussites, mes échecs, mes regrets ?

— Tu penses à ton père ?

— Oui, en grande partie. Je lui en ai longtemps voulu de notre relation mais le tango se danse à deux, n'est-ce pas ? Bientôt, je ne vivrai plus qu'à travers vous. Vous deviendrez mon éternité. Chaque cosse renferme des graines. Les miennes ont été semées et ont bien produit. Je dois pourtant rétablir le lien avec mon père si je veux vraiment partir en paix.

Le disque est devenu muet. Je me retiens de pleurer. Vue de l'extérieur, l'épreuve de la maladie pourrait donner l'impression d'être un temps mort. Elle opère au contraire une véritable métamorphose.

— J'admire ta force.

Olivier me sourit, charge un nouveau disque, visiblement amusé de son choix :

— On ne pense plus à rien maintenant et on lâche prise, tu veux bien ? Ce morceau est fétiche...

Olivier ferme les yeux. Aux premières notes, je reconnais le morceau reggae sur lequel tous les enfants sautillaient et virevoltaient il y a quelques mois : « Three little birds » de Bob Marley...

(Lettre d'Olivier)

Papa,

Je ne me rappelle pas t'avoir déjà écrit. Ce sera sans doute la dernière occasion pour moi de le faire. Je n'ai plus le temps des faux-semblants, plus le temps de fuir, plus le temps des reproches, du travestissement ni de l'amertume. Je ne suis plus qu'un homme en sursis et m'accroche à la vie derrière une lunette nasale qui me relie en continu à cette terrible bouteille d'oxygène. Mes pensées reviennent toujours à toi, dans le même flux douloureux que mes respirations. Mon désir de fils ne me laisse aucun répit. Quand tout me quitte, je comprends que je n'existerai encore que par ma relation à ceux que j'aime. À toi, à Naïs, à mes enfants, à mes amis. Des liens fondamentaux existent entre nous deux, qui sont intangibles et qu'il est urgent de rétablir.

Aujourd'hui, je m'ouvre enfin à mes erreurs, à mes fragilités et aux tiennes, qui sont toutes des entraves à notre relation passée. Aujourd'hui, je rêve de te retrouver. Je n'ai plus peur de nos différends ni de nos différences. Je ne crains plus nos désaccords, je ne cherche pas la sécurité mais la vérité de notre lien, pour vivre avec toi le présent et considérer ensemble l'avenir : mes enfants ont besoin de leur grand-père autant que j'ai pu éprouver le besoin d'un père. Viens me voir, pour moi, pour eux, pour toi. Le temps nous presse. Tu ne m'as déjà que trop manqué.

Olivier

(Face à face)

— Olivier, Samuel est là.

Mon père, enfin. Le cercle se referme. Tous ceux qui auront fait ma vie sont à présent près de moi.

J'ai une frousse terrible. J'ai roulé toute la nuit pour venir le voir et je suis là comme un con, dans le couloir, les mains moites, paralysé, sans parvenir à entrer. Je n'ai jamais été fort pour les mots... Je n'ai jamais été fort non plus pour les gestes.

— Entre.

Dans l'encadrement de la porte, la silhouette de mon père s'est dessinée, nimbée de lumière. Crâne complètement dégarni. Le dos courbé sous son blouson en cuir noir, un jean bleu délavé, le ventre mou cintré d'un gros ceinturon. Je suis heureux de le voir. Il a pris un sacré coup de vieux, j'en suis peut-être un peu la cause : mon père a toujours eu peur de la mort, notre situation est contre-nature. Il semble hésiter, l'odeur de la maladie sans doute.

Naïs m'avait prévenue : « Il a beaucoup maigri, tu auras du mal à reconnaître ton garçon. » Dans ces draps, ma chair, ma fierté.

Olivier est tellement diminué que je le reconnais à peine. Sa peau est grise, il est squelettique. Putain, ça fait mal.

— Bonjour fiston. Je peux m'approcher ?
— Je ne mords plus, tu ne crains rien.
— Moi si, grâce à mon dentiste. Mon appareil dentaire m'a coûté un bras, mais j'ai encore du mordant.

Je l'ai vu rire de mes conneries et ça m'a fait du bien. Son sourire est toujours le même, bordé de deux larges fossettes. Mon môme... Je me suis approché, maladroit. Un éléphant dans un magasin de porcelaine.

— Merci d'être là, Sam.
— Tu peux dire papa.
— Oui, mais tu ne m'y as pas habitué. Tu as toujours voulu que je t'appelle par ton prénom.
— J'ai toujours été con, je ne me suis pas bonifié avec l'âge mon fils.

Je ne l'avais jamais entendu m'appeler « mon fils ». « Gamin », « Olivier » ou « petit con » oui, beaucoup plus souvent. Il n'y avait pas de méchanceté dans ce terme, juste de la balourdise. Mon père n'a jamais compris que l'amour, c'était simple. Qu'il n'y avait pas besoin de mode d'emploi.

— Si, je pense que tu t'es bonifié avec l'âge. Même si tu ressembles à un vieux beau.

Il a ri de toutes ses dents artificielles. Une belle rangée d'incisives en céramique, blanches et disciplinées, absolument parfaites. Une vieille star du rock n'aurait pas une dentition plus clinquante.

— Heureusement que tu ne mords plus Olivier. Tu as gardé de beaux restes.

— Tu as vu les enfants ?

— Pas encore. Naïs m'a dit qu'elle partait les récupérer à l'école et au lycée. Je dîne ici ce soir. Je vais avoir l'occasion de remonter sur la scène, je t'avoue que j'ai un peu le trac. Ils vont certainement se demander qui est ce vieux croulant qui prétend être leur grand-père, je n'ai pas été très présent pour eux ces dernières années.

— Ils ne t'ont pas beaucoup vu mais ils t'attendent avec impatience. Ils sont heureux que tu sois là. Promets-moi quelque chose papa.

— Tu sais que je ne suis pas doué pour la famille mon grand. J'ai beau avoir un look de vieux beau, je suis à la ramasse. Côté hit parade, j'en suis resté à Salut les Copains, les jouets sont bourrés d'électronique, je ne suis pas sûr de trouver le bon bouton pour en allumer un et c'est encore pire côté jupes et vernis à ongles. Je sais à peine surfer sur la toile. Je vais faire comment pour communiquer par Skype avec ma petite fille ?

— Reste comme tu es pa'. Ils ont juste besoin de ce que tu es. Promets-moi de garder le contact avec eux, de venir les voir de temps en temps. Partage ce que tu aimes avec eux, ça leur ira très bien.

J'aime remettre en état des vieilles cylindrées, boire des coups avec les potes, écouter de vieux groupes de rock, guincher toute la nuit dans les boîtes de nuit senior, manger des pizzas devant des séries policières, une bière à la main. Pêcher, faire le con en sautant dans l'eau depuis les rochers pour rabattre le caquet à tous ces morveux dont les maillots descendent maintenant jusqu'au genou, jouer aux cartes, préparer le minestrone, tirer à la carabine à plombs. Je suis un beau crétin si je ne trouve pas quelque chose à partager avec mes deux pitchouns...

— Promis mon fils. À partir d'aujourd'hui, je serai un grand-père acceptable pour Thomas et Myriem.

— Tom et Myriam.

— Je déconne. Tu crois que ton pater est déjà sénile ?

— Je sais que tu plaisantais, je te fais une piqure de rappel, au cas où...

Je l'ai regardé, goguenard. Ça me fait un bien fou qu'il soit là. Il m'a pris la main, c'était étrange. On s'est regardés un bon moment en silence, pendant lequel j'ai repassé en mémoire les moments de ma vie avec lui. Les coups de gueule, les rares moments de vraie complicité. Je lui ai dit « je t'aime » avec les yeux.

J'aurais aimé le serrer dans mes bras, je n'ai pas réussi. Putain de pudeur. Je lui ai pris la main. Elle était froide. Ses yeux se sont plantés dans les miens. On n'a plus rien dit. Je me suis repassé le film familial version seventies, comme ceux qu'on visionnait en super huit sur un vieux drap qui servait d'écran. Le mode « rewind » n'était pas du tout à mon avantage. Il y avait plein de blancs, comme si Olivier avait grandi par à-coups de cinq ou six ans. Le mode « forward » me fout les jetons. Le meilleur moment, c'était le mode « lecture », quand je ne pensais plus à rien. Quand j'ai renoué avec mon fils seconde après seconde. Et puis, j'ai entendu les claquements de portières d'une voiture, des bruits dans l'entrée, la porte de l'appartement s'ouvrir. Mon cœur fait plus de bruit que le moteur d'une Austin Healey.

(Léo, Malaisie)

— On arrive Léo, nous allons enfin pouvoir déplier nos jambes ! Je suis cassé, ce vol était interminable...

José vient de se réveiller, après une sieste flash, la joue chiffonnée, les cheveux aplatis sur le côté, rehaussés de quelques beaux épis. Le simili cuir des sièges Air Asia n'est pas la matière qui le flatte le plus. Finalement, mes insomnies en avion me rendent plutôt service en m'évitant deux écueils, des filets de bave inopportuns sur ma cravate et le bouquet d'oreille trop clairsemé d'un coq après combat.

José s'étire péniblement, se rechausse. Le pitch est vraiment réduit, nous avons tous les deux les genoux qui touchent le siège avant et sommes aussi à l'étroit que Ken dans l'avion miniaturisé de Barbie. Il faut dire que nous dépassons d'une tête la taille moyenne des habitants de ce pays. J'ai pris la précaution de conserver le petit déjeuner de José sur ma tablette, ça devrait le mettre de bonne humeur.

— Oui, bientôt la délivrance. J'ai mal partout moi aussi. Tu veux un café ?

— Volontiers.

— Ne t'emballe pas, il est froid mais je pense que ça t'aidera à te réveiller. J'ai raflé aussi deux pains au chocolat quand les hôtesses sont passées tout à l'heure. Je n'ai pas eu le cœur de te réveiller.

— Merci Léo, j'ai une faim de loup. J'avalerais n'importe quoi !

— Oh, pour ça, tu devrais bientôt être exaucé José, je te rappelle que nous avons déjà travaillé avec ce navire câblier.

— Ah oui ?

— Oui mon ami, l'an dernier à la même époque et si mes souvenirs sont bons le cuisinier avait un talent très approximatif pour les fourneaux. Nous avions dû chacun perdre trois ou quatre kilos sur la durée de la mission !

— Oh shit ! I remember boss, what a lousy food ! commente-t-il d'un air dégoûté en avalant ses deux pains au chocolat d'un seul trait, le poste de cuisinier sur un bateau est plus que stratégique. Il ne devrait pas être confié à la légère. En mer, je n'ai que trois plaisirs : manger, dormir et admirer les couchers de soleil. Alors, la malbouffe sur un bateau, c'est une invitation à la mutinerie !

— Je suis d'accord avec toi, si le cuistot ne s'est pas sensiblement amélioré, il passera par-dessus bord. En tout cas, tu m'impressionnes toujours José, tu parviens vraiment à dormir n'importe où. Sais-tu que sur les vingt-quatre heures de vol, tu as dû dormir plus de la moitié du temps ? Tu fais comment ?

— C'est simple, je fais des provisions, comme les ours avant hibernation. Je capitalise mes heures de sommeil pour pouvoir faire face, une fois sur le bateau, au rythme de fou que le chantier nous inflige. Je te montre ma technique, elle est très simple. Il suffit de fermer les paupières et...

José feint de s'être endormi instantanément. J'applaudis sa démonstration.

C'est la première fois que mon équipe et moi-même venons à Penang pour le travail. Notre mission consiste à réaliser une route clearance préalable à l'installation d'un nouveau câble en fibre optique. Pour cela, nous devons nettoyer la route maritime des câbles hors service qui croisent la zone d'ensouillage, avant de revenir poser le nouveau câble à la surface des fonds marins, l'enfouir avec le ROV et effectuer son atterrissement en connectant le câble sous-marin à son jumeau terrestre sur les côtes de Singapour. Un chantier qui se finalise, pharaonique et qui permettra à la société qui m'emploie de compter une dorsale internet de plus, en reliant la France à Singapour via l'Afrique du Nord, les pays arabes, la Birmanie, l'Indonésie et la Malaisie.

Je m'étire à mon tour et regarde ma montre, il est neuf heures. Nous avons quitté la France il y a plus de vingt-quatre heures : Marseille-Paris hier matin, puis Paris-Doha, Doha-Kuala Lumpur et enfin Kuala Lumpur-Penang ce matin. Je suis exténué. Ce vol n'est pas seul en cause, pas plus que la succession ininterrompue de vols que j'encaisse sans broncher depuis plusieurs mois même si mon corps finit par souffrir avec le temps d'être un simple satellite autour de la Terre. Les vibrations, l'immobilité, l'exigüité, le vrombissement continu des appareils, l'excès de café, de boissons alcoolisées pour tuer les heures pèsent d'autant plus que le véritable travail ne commence qu'après ces longs courriers. J'ai trente-cinq ans. Un œil extérieur pourrait m'envier et jugerait mon parcours professionnel parfaitement réussi : ma paie est très confortable, s'y ajoutent de nombreuses primes de déplacement à l'étranger, je suis pratiquement seul maître à bord, mes responsabilités sont importantes. Je dors dans les plus beaux hôtels, me laisse servir du champagne par les plus belles hôtesses des compagnies aériennes qui font le lit des fantasmes masculins mais ma vie est sans chaleur et sans couleurs. De la solitude recouverte en surface par le papier brillant des trajets réguliers en classe business quand j'ai de la chance, des talons hauts des réceptionnistes, des peignoirs souples et immaculés. Je consume ma vie depuis plus de huit ans dans des chambres d'hôtel standardisées et impersonnelles, aux odeurs camouflées de moquette fanée et à la décoration toujours très lisse. Ces derniers mois, j'ai passé trois fois plus de temps sur un bateau, dans un avion ou à l'hôtel que chez moi où personne ne m'attend plus.

Je suis seul et Ambre me manque. Terriblement. J'ai commis une belle erreur quand je me suis séparé d'elle. Sans courage, à distance, comme un pleutre qui n'osait pas affronter le séisme affectif qu'il déclenchait. « Je préfère arrêter. » J'ai cru que cela pouvait être aussi simple, que je pourrais me cacher derrière mon écran pour balayer d'un trait cette histoire. Moi qui dirige des équipes, qui ai appris à coopérer, à désamorcer les conflits, à faire respecter mes décisions, à trouver le ton le plus juste, j'ai flanché devant une femme, devant un corps menu qui vibrait simplement de se serrer contre le mien. Je ne suis pas fier de ce que j'ai fait, je ne me reconnais plus depuis. Il n'y a pas que la culpabilité et le dégoût d'avoir été si lâche. Il y a une lassitude qui me colle au sang et le sentiment pénible d'être passé à côté de quelque chose d'important.

— Tu as l'air pensif Léo.

— Oui... je me demandais si nous arriverions à passer le service de l'immigration.

J'ai menti, je n'ai pas envie de m'épancher. Et puis, ce n'est qu'un demi-mensonge. À l'aéroport, nous aurons certainement du mal à passer le bureau d'immigration.

— Pourquoi donc ?

— En Malaisie, il est nécessaire d'avoir une invitation écrite d'une entreprise locale ou un contrat de travail pour entrer dans le pays. Nous n'avons ni l'un ni l'autre.

— Je ne comprends pas Léo, que diable foutons-nous à Penang si nous ne disposons pas d'un permis de travail ?

— Nous avons bien un contrat mais pas avec une entreprise malaise. Nous sommes engagés avec une entreprise grecque pour une mission qui doit se faire ici.

— Cool ! J'espère que nous n'aurons pas à repartir par le prochain vol. Je n'aimerais pas être livré en kit à mon retour en France.

— Nous trouverons bien une solution. De toute manière, nous devons quitter la côte demain matin à six heures. Le bateau nous attend, nous n'avons pas le choix.

— Pourquoi rien n'est jamais simple Léo ?

— En effet, pourquoi les choses ne sont jamais comme elles devraient l'être ? ai-je répondu dans un jeu de miroir, sans penser une seule seconde au travail.

Si les choses étaient simples, je n'aurais pas privilégié comme un imbécile et vainement une reprise de vie commune avec Carla, mon ex-femme. Je n'aurais pas été sensible à ses arguments familiaux concernant le bien-être de notre fille. Après tout, c'est elle qui m'avait quitté pour un autre homme, sous prétexte que je n'étais que trop rarement à la maison pour qu'elle puisse y trouver son équilibre. Celui de notre fille était alors un paramètre secondaire pour elle. Elle était partie sans la moindre discussion. Un autre homme l'attendait déjà. Le divorce a été prononcé rapidement, je n'avais aucun moyen de la retenir devant le peu de perspectives qu'offrait mon travail. Un an sans contact, hormis ceux qu'imposaient dans les premiers mois les étapes judiciaires de la procédure ou plus tard notre statut de parents. Et puis, un jour, à mon retour d'Inde, Carla m'attendait, pleine de remords. Avec le regret d'avoir fermé sa porte à « l'homme de sa vie ». Je me suis laissé convaincre, sensible au fait qu'à cause de mon parcours professionnel j'avais pu laisser, involontairement, progressivement, dériver ou scléroser notre relation conjugale. Je n'ai pas vraiment pensé à Ambre à ce moment-là. J'ai dit oui à la femme qui m'avait quitté et dit non à celle qui était entrée dans ma vie, aussi facilement que Carla m'avait quitté pour me reprendre, kleenex en main, un an plus tard. Un jeu de chaises musicales ironique et malhonnête. Pendant deux semaines, Ambre a tenté de me joindre. Comme un con, je lui ai toujours renvoyé le même message : « Je préfère arrêter. »

J'ai essayé de reprendre le cours de notre histoire, de lui pardonner son infidélité. Je me suis montré encore plus présent quand les missions ne m'envoyaient pas à l'autre bout du monde. Mais l'obstacle n'était plus la distance. Il se trouvait dans notre lit, sous la forme d'un corps fantôme que j'avais quelquefois aperçu au volant de sa voiture ou donnant un baiser à ma fille. Un corps qui planait entre Carla et moi et qui m'empêchait de la désirer à nouveau. Si j'étais parvenu à lui pardonner, mon corps ne réagissait plus au sien. Nous avons tenu quatre pénibles mois, dans un faux nouveau départ aussi amer que bancal. Et puis Ambre m'a rattrapé petit à petit, dans le silence de son absence.

— Nous devrions nous disperser Léo et nous présenter à des bureaux différents. Quatre français sur le sol malaisien, sans permis de travail, ça risque de faire grincer des dents.

— Bonne idée José. Si ça coince, j'appellerai notre agent local ou notre client pour débrouiller l'affaire.

Je tourne ma tête en direction des sièges arrière. Khaled est occupé à lire pendant qu'Éric tente de briser la glace, dans un anglais improbable, avec une hôtesse qui lui a tapé dans l'œil. Il n'a jamais eu autant besoin de services qu'aujourd'hui. La pauvre hôtesse, imperméable aux erreurs linguistiques de mon équipier, déploie toutes ses qualités professionnelles pour rester courtoise et serviable.

— Khaled, Éric, on essaie de passer l'immigration à des postes différents.

— Ok boss, ponctue laconiquement Khaled.

Depuis des années que nous travaillons ensemble, il est rompu à l'adaptation, aux modifications de consignes et s'économise toute curiosité.

L'hôtesse vient de prendre le micro. À l'annonce malaise succède l'annonce de notre atterrissage imminent dans un anglais absolument parfait.

Quelle chaleur étouffante ! Nous avons quitté Marseille où le thermomètre affichait cinq maigres degrés. Ici la température avoisine les quarante degrés et le taux d'humidité est affligeant. Depuis que nous avons foulé le sol de Penang, j'ai l'impression désagréable d'avoir été jeté dans un hammam, habillé de la tête aux pieds, sans pouvoir trouver la porte de sortie. Idem pour mes équipiers, liquides. À l'aéroport, nous nous sommes tous fait stopper à l'immigration et parquer dans une zone d'attente. Nous avons attendu deux heures. J'ai bien tenté de négocier avec la responsable mais je l'ai passablement énervée. J'ai composé tous les numéros dont je disposais : notre agent, notre contact local et même notre client. Personne n'a répondu à mes appels ou daigné se présenter à l'aéroport pour démêler le problème.

— Je vous laisse entrer sur le territoire mais vous ne venez pas travailler, a résolu de manière informelle la responsable du service.

Ce n'était pas une question mais un ordre auquel j'ai préféré acquiescer. Elle devait bien se douter que nous le contournerions une fois entrés sur le territoire mais elle en avait assez de nous voir compliquer sa journée...

Nous voilà tous les quatre dans le taxi qui nous mène à l'hôtel. J'ouvre la fenêtre pour dissiper un peu l'odeur de transpiration. Demain, nous nous levons à cinq heures pour mettre en place le chantier. Dans la salle où nous étions regroupés tout à l'heure, je me suis promis d'écrire à Ambre. Elle m'obsède, je dois la reconquérir. Il n'est sans doute pas trop tard.

(Le départ)

Je me suis réveillée brutalement, le sang glacé. Le réveil indiquait quatre heures quarante. Les draps, plissés comme une coulée de lave, étaient imprégnés de sueur froide, le lit retourné par la bêche frénétique des coups portés dans mon sommeil. Oreillers ramassés en éponges, détrempés. Sous les tempes, les résonances métalliques de mon cœur prêt à exploser. Je venais de faire un rêve atroce, furtif comme un coup de rasoir.

Olivier se déplaçait sur un fil tendu dans l'espace, sans fin. L'air, compact et vertigineux, ne produisait pas le moindre son. Olivier progressait difficilement, lesté d'une charge invisible sur les épaules. Et puis, le faux pas, le pied perdait son appui et Olivier tombait dans le néant...

Depuis, je ne parviens pas à me rendormir. J'ai peur, j'ai froid. Six heures quinze. Trop tôt pour sonner chez lui...

(Olivier, CHU, chambre 318)

— Bonjour Madame. Je viens voir M. Nehring. Il est entré en urgence hier matin au service de cancérologie.

— Bonjour, un moment s'il vous plaît. Oui, tout à fait. Oncologie thoracique, chambre 318... Pour vous y rendre, il vous suffit de prendre l'ascenseur derrière nous, troisième étage. Lorsque vous sortez, le service se trouve directement à votre droite.

— Merci.

Je me recoiffe machinalement dans l'ascenseur. La lumière est très crue. Pour plaire à Olivier, pour camoufler aussi un peu ma peine, je me suis maquillée. Un geste inaccoutumé : quelques passages appuyés de mascara noir sur les cils, la brosse avait séché à force d'être inutilisée, un peu de gloss transparent... Le miroir, sans complaisance, me renvoie le reflet d'un visage aux traits rudes, au teint jaunâtre et cireux. Un lisse antidote à l'optimisme. Demain, j'emprunterai les escaliers... Sur l'écran bleuté défilent les étages qui me séparent de la chambre 318. J'ai le cœur gros. Je le sens battre fort sous ma chemise, comme s'il cherchait à s'échapper de ma poitrine.

J'ai acheté un livre, pour ne pas arriver les mains vides. Je ne savais pas quoi prendre, un véritable casse-tête : le plus souvent, à l'hôpital, un ballotin de chocolats fait l'affaire mais Olivier ne mange presque plus depuis des semaines, rien ne lui fait envie. Lui qui était un homme de bonne chère avant la maladie s'est détourné de la nourriture, rattrapé par cette cruelle vérité physiologique : son corps ne cessait de fondre même s'il s'astreignait à manger de tout. Se nourrir est devenu de fait et au fil du temps une contrainte de plus, aussi pénible aujourd'hui que faire le moindre geste ou avaler la légion de médicaments dont il fait l'overdose. Depuis quelques semaines, il ne consent plus aucun effort pour s'alimenter. Naïs a redoublé d'énergie, de créativité pour stimuler son appétit. Elle a cuisiné ses plats favoris, les a fractionnés. Elle a varié les couleurs, les saveurs, les textures. Rien n'y a fait... Le médecin a décidé la mise en place d'une alimentation parentérale, par voie intraveineuse. Plus de sujétion pour Olivier et une perte de poids limitée.

Dans le hall de l'hôpital, je me suis arrêtée devant la vitrine du fleuriste. J'ai hésité devant un bouquet de mimosa : une pépinière de minuscules soleils jaune citron aurait égayé la chambre mais Olivier respire avec tant de difficulté que ces fleurs auraient eu sur lui l'effet pervers d'un poison. J'ai préféré renoncer. Je lui ai pris des brèves de comptoir, avec le vague sentiment d'être hors sujet...

En face de moi, deux personnes âgées, sèches et fripées comme des écorces, se tiennent serrées l'une contre l'autre, muettes. Sous son feutre, le visage de l'homme, complètement édenté, rappelle la tête d'une grosse tortue terrestre : ses yeux fixes et ovales, d'un gris profond, ont dû, il y a soixante ans, être très beaux. En dessous d'arcades pierreuses, aux rares sourcils, ils sont maintenant entourés de paupières gonflées et crevassées comme des coques de noix. Le cou distendu, parcheminé, a la couleur des peaux tannées et jaunies des vieux tambours de mendiant. La femme doit avoir le même âge mais sa beauté et sa féminité, laves fécondes, ne se sont pas éteintes : elles courent sous la peau et continuent de l'irradier. Leurs mains, couvertes de taches brunes, sont entremêlées, la main féminine encore belle, à la peau fine et fragile logée dans celle, calleuse, déformée et couverte d'hématomes qui la protège depuis toujours. Des mains qui sont devenues des lieux d'histoire et qui témoignent, dans leurs habitudes, de décennies à s'aimer. Je les envie. La dame a dû lire dans mes pensées : un sourire bienveillant vient éclairer son visage zébré de rides.

Troisième étage. La porte s'ouvre sur un espace immaculé. De longs couloirs nus, un carrelage nivéen et laqué. Au plafond, des carrés de tubes fluorescents diffusent une lumière froide. L'odeur de l'hôpital me prend au nez, si singulière et reconnaissable, cocktail prophylactique savamment dosé de gel hydroalcoolique, désinfectants et détergents auquel se mêlent les odeurs de médicaments, les odeurs des corps, de leurs déchets et celles, ponctuelles, des plateaux repas. Nourriture industrielle, sous blister, sans saveur, disposée au gramme près dans des barquettes cartonnées aussi immaculées que les murs.

Mes talons claquent sur le sol, produisant de petits coups martelés au son régulier et métallique. Ma présence se remarque de loin, d'autant plus que les allées sont désertes et les bruits complètement étouffés. Je regarde le numéro des portes pour m'orienter. Beaucoup de chambres sont ouvertes : à l'intérieur, de nombreux malades sont alités, à plat dos, le visage vers le plafond. La plupart sont seuls. Gisants malingres aux paupières closes ou aux regards absents, lointains, déshabités. Solitude physique, affective, spirituelle. À l'heure des visites, les couloirs sont vides, les chambres inanimées. Où sont les membres de la famille pour tous ces patients ? Où sont les amis ? La plupart des patients de ce service sont condamnés et leurs proches se sont curieusement détachés...

Au fond du couloir, devant le comptoir éphémère d'un chariot métallique, un médecin en blouse blanche, stéthoscope autour du cou, discute avec le personnel qui l'entoure. Derrière lui, la porte indique le numéro 318.

— Je peux entrer ?

J'ai poussé doucement la porte, par crainte de gêner Olivier ou le service si des soins sont en cours. L'âme et le corps ont leur pudeur.

— Ne reste pas derrière la porte Ambre, entre, me répond-il d'une voix très faible qui confine au chuchotement.

À l'intérieur de la chambre, aussi réduite qu'une cellule de prêtre, se trouvent déjà Naïs, Alexandre et Nathan. Alexandre occupe l'unique fauteuil de la chambre, Naïs s'est assise sur le lit, aux pieds de son mari, Nathan sur un petit muret qui longe la fenêtre. Nous sommes cinq personnes, une nichée trop serrée d'oiseaux. Nathan me sourit, me lance un clin d'œil avant d'annoncer qu'il doit partir. Nous devons nous relayer, être concis dans nos visites pour ne pas trop éprouver Olivier et pour lui laisser le temps de l'intimité avec sa famille.

— Bonjour, comment te sens-tu ?

Olivier paraissait déjà si faible il y a quelques jours. Aujourd'hui, il est presque méconnaissable, pâle comme un linge, fragile et dépouillé de vitalité. Peut-être un effet combiné du lit médicalisé, des murs blancs, des draps ternes, de la lumière froide, des dispositifs médicaux de la pièce : la pompe à morphine, le goutte-à-goutte, les télécommandes, les fils, les tuyaux qui sortent du mur pour amener l'oxygène au lit, le vrombissement léger mais continu d'une machine. Peut-être est-ce encore et tristement le dernier visage de la maladie, la mort paraît si proche dans cette chambre.

— Je suis fatigué ma belle, me confie-t-il avec franchise.

J'aimerais que cette confidence sans fard ne soit qu'un appel à être rassuré. Je sens tristement qu'elle est pour Olivier une façon pudique de préparer sa sortie. Une manière douce de m'aider, de nous aider à comprendre que le moment approche où il faudra le laisser enfin se reposer. Sa respiration est irrégulière, très bruyante, marquée par de courtes apnées. Ses poumons remplis de sécrétions dont il ne parvient pas à se défaire, même lorsqu'il tousse ou racle sa gorge. Mon ventre se noue.

— Ils vont te remettre sur pied, tu retrouveras bientôt la maison.

Si seulement mes mots possédaient les vertus magiques d'un talisman...

— En attendant, il faut que tu portes plainte contre le service mon grand. Les infirmières ne sont pas du tout sexy ! C'est anti-thérapeutique d'employer des infirmières qui ne sont pas séduisantes, ça joue sur le moral des visiteurs. Tu peux me croire, les couloirs sont déserts dans ce service !

Alexandre a choisi le parti de la dérision. Nous rions tous, reconnaissants.

— Peu importe le minois et le bonnet des infirmières Alexandre, je n'ai d'yeux que pour ma femme. J'adresserai néanmoins mes doléances au chef de service, ne serait-ce que par amitié pour toi.

La scène s'était déjà produite il y a quelques mois, dans le jardin d'Olivier et Naïs. Il était alors question de l'équipe soignante et de sa sensualité présumée. Olivier avait joué le jeu, en séducteur de façade. Aujourd'hui, il préfère prudemment réaffirmer son amour et son admiration pour Naïs, comme si l'ambigüité pouvait les brûler ou ternir l'essence si précieuse de leur relation. Les derniers mots gardent longtemps leur résonance...

— Je ne prêche pas pour ma paroisse mon ami mais pour faire valoir un point de santé publique. Pour ma part, je n'ai d'yeux que pour Ambre, tu le sais bien.

Alexandre me fixe quelques secondes, le regard coloré d'une émotion insaisissable, avant de barrer la route à toute réplique d'un très large sourire. Mon cœur s'est emballé. J'accueille le compliment en rougissant, sans parade à mon trouble, même si cet aveu relève sans doute d'un effet de théâtre dont Alexandre a le curieux secret. Une infirmière a toqué brièvement à la porte, avant d'entrer d'un pas assuré, sans précaution ni discrétion, comme elle entrerait dans son dressing choisir sa tenue du jour après la douche.

— Bonjour monsieur Nehring. Vous avez beaucoup de visiteurs, ça doit vous faire plaisir. Je viens voir si tout va bien.

Tout le monde s'est arrêté de parler pour la regarder. Petite et râblée, avec de larges hanches, elle porte une blouse blanche à manches courtes qui gainent des bras potelés couverts d'un duvet sombre. La trentaine tout au plus. Ses cheveux très bruns, longs et un peu gras, sont tirés en arrière à l'aide d'un gros chouchou en mousse rose pâle. Un visage poupin, des joues dodues, un nez rond et court, une peau ingrate, marquée par de nombreuses cicatrices atrophiques d'acné. Une moustache au-dessus des lèvres qu'elle a pris soin de décolorer, des sourcils noirs et épais dangereusement rapprochés. Elle vérifie brièvement les paramètres affichés sur les appareils reliés à Olivier, avant de décrocher une poche en plastique vide.

— La poche de nutrition est bien passée. Avez-vous besoin de quelque chose ?

— J'ai du mal à respirer. Pouvez-vous augmenter le débit d'oxygène ?

— Je n'ai pas le droit de modifier le débit de mon propre chef mais je vais en référer au docteur Colombani.

Il ne devrait plus tarder maintenant. Voulez-vous que je vous redresse ? Vous êtes un peu bas dans le lit, ce sera plus confortable pour vous si vous êtes plus assis. Vous respirerez mieux.

— Oui.

— Vous allez m'aider monsieur Nehring, ainsi que votre épouse.

Naïs s'est levée et s'est placée face à l'infirmière, derrière le bras droit du lit. Elle paraît déjà savoir ce qu'elle doit faire. Olivier a saisi la potence qui se trouve au-dessus de lui.

— À trois, madame Nehring. Un, deux, trois...

De chaque côté du lit, Naïs et l'infirmière ont agrippé des deux mains le drap sur lequel repose le maigre corps d'Olivier pour le remonter d'un seul mouvement. Olivier en tirant faiblement sur la potence, s'est rendu encore plus léger qu'il ne l'est, si léger que des bras féminins peuvent maintenant sans aucune peine le mouvoir comme un grand balluchon.

— C'est parfait. Je remets en place les coussins derrière votre dos, ajoute-t-elle avec douceur avant de lever le drap vers elle pour observer l'entrejambe d'Olivier.

Je suis mal à l'aise.

— Mmmh, toujours rien dans le pistolet. Il va falloir penser à poser la sonde. Vous ne pouvez pas rester comme ça.

Olivier grimace. Ses organes se sont coordonnés pour leur sédition. Son corps devient une terre de plus en plus étrangère et hostile, un sol gelé qui ne laisse plus rien espérer.

— Faites ce que vous avez à faire, Alma.

L'infirmière lui sourit avant de toucher affectueusement sa main inerte. Elle le fixe quelques secondes, rassurante, indifférente à ce qui l'entoure avant de conclure :

— La kiné va passer vous masser. Ce sont des effleurages, elle n'exercera aucune pression. Ça va vous soulager. Elle fera le point sur toutes les zones d'appui pour vérifier qu'il n'y a pas de risque d'escarre. Un conseil, laissez-vous aller et si vous le pouvez, profitez-en pour faire un petit dodo.

— Merci Alma, vous êtes un ange. Je compte sur vous pour l'oxygène. Je me sens très essoufflé, je ne suis pas du tout confortable.

— Alors, plus un mot, reposez-vous et laissez les autres faire. J'ai cru comprendre que le personnel était un sujet passionnant de débat, ajoute-t-elle, d'un ton entendu, l'œil noir rivé sur Alexandre, avant de quitter la pièce, avec le port altier et fier d'une reine de Méditerranée.

— La prochaine fois, je tournerai sept fois ma langue dans ma bouche avant de parler. Je suis une détestable langue de vipère. Je dois apprendre à être plus discret, à défaut d'être plus amène. Je crois que de petits frais sont inévitables si je veux me faire pardonner, ajoute-t-il, faussement contrit.

— Les femmes ont généralement le bec sucré, Alexandre. Tu devrais pouvoir réparer ton impair avec un gros panier de calissons, pâtes de fruits et chocolats. En sachant que le service se compose de six infirmières, ta goujaterie te coûtera cher, ajoute Naïs hilare.

— Bien ! Je me retire pour faire mes comptes. Je reviens demain, à la même heure. Tâche d'être là, ajoute-t-il en se tournant vers Olivier, ne fais pas le mur ce soir pour rejoindre ta belle. Ne change pas non plus de chambre pour me jouer un tour.

— Même heure, même endroit, ajoute faiblement Olivier en tendant sa main vers Alexandre, promis.

Alexandre saisit la main d'Olivier, très longuement, sans un mot. Message de peau à peau, instinctif.

— Je vous enlève Ambre, la kiné ne va plus tarder.

— Merci à vous d'être venus. Je pars aussi chéri, confie-t-elle à Olivier en lui picorant la bouche, je vais chercher les enfants pour qu'ils puissent venir te faire un câlin.

Je me penche au-dessus d'Olivier pour déposer un baiser sur son front. Du mucus s'est accumulé au fond de sa gorge et provoque des gargouillements qui accompagnent sa respiration. Je retiens la mienne pour ne pas céder à l'envie de pleurer.

En revenant vers l'ascenseur, Alexandre glisse ses doigts dans ma main. Je repense à ce couple de vieilles personnes croisées tout à l'heure dans l'ascenseur. Je souris.

— Tu sais patiner Ambre ?

Question déconcertante.

— Je crois.

— Je t'emmène à la patinoire, ça nous fera le plus grand bien.

Alexandre appartient définitivement à une autre planète, la même que celle d'Olivier. Celle où le soleil brille en même temps que la pluie et déploie le spectre continu de la lumière. Celle où les flaques sont faites pour sauter dedans à pieds joints et où une chanson aussi gaie que « three little birds » peut faire danser la mort. En sortant de l'hôpital, je me laisse guider par Alexandre comme une petite fille. Alexandre détache son scooter, sort un casque du coffre. Il fixe la sangle sous mon menton, dépose un baiser sur mon nez.

— Tu ressembles à une poupée kokeshi avec ce casque.

Je m'installe sur le deux-roues et resserre mes bras sur lui. En entendant le moteur démarrer, je ferme mes paupières. Audrey Hepburn ne visitera pas Rome aujourd'hui. Elle a décidé de suivre Gregory Peck à la patinoire. Et s'il se mettait à neiger sur la piste, peut-être pourraient-ils s'arrêter un instant pour réaliser un bonhomme de neige...

(Le tajine de poulet aux dattes)

— Allô Ambre, c'est Naïs. Tu n'oublies pas d'aller chercher Tom à l'école pour seize heures trente ?
— Ne t'inquiète pas, je n'ai pas oublié. À seize heures vingt, je serai devant l'école. Je ne travaille pas cet après-midi, je serai bien à l'heure. Je le récupère, nous rentrons et je le fais goûter.
— Merci. Il aime que son café au lait soit servi très chaud...
— Je sais, même s'il le laisse refroidir à force de rêver ! Je lui prépare deux belles tartines beurrées de pain complet et une barre de son chocolat au lait préféré. Je ne cède pas à sa manœuvre de séduction pour en obtenir une deuxième...
— Oui, c'est ça, me coupe Naïs, immédiatement détendue par le caractère familier et domestique de la conversation, il faut brider sa gourmandise sinon il boude le dîner.
— Je serai inflexible ! Quant à Myriam, elle rentre à dix-sept heures quinze du lycée. Nous serons donc avec vous aux alentours de dix-huit heures. Je monterai vous embrasser tous les deux et vous laisserai ensuite en famille. J'irai boire un café en bas de l'hôpital pendant une demi-

heure. Après quoi, je les ramène à la maison, je les fais dîner, je vérifie que Tom prend bien sa douche même s'il prétexte qu'il n'est pas sale et qu'il est très fatigué. Je lis une histoire de chevaliers à ton petit homme et je le mets au lit pour vingt-et-une heures maximum. Myriam est grande, elle gère son temps, son travail et son heure de coucher. Tu vois, j'ai tout mémorisé.

— Je me sens bête de t'avoir appelée. Je sais que nous avons convenu de tout ça hier soir, j'ai confiance en toi mais j'ai du mal à lâcher prise. D'habitude, c'est moi qui prends Tom à la sortie de l'école, c'est un vrai rituel.

— Tu n'as pas à t'excuser. Occupe-toi d'Olivier. Tout se passera bien ici.

— Merci infiniment Ambre. Tu es sûre que cela ne te gêne pas de dormir avec eux ce soir ?

— Cela ne me pose aucun problème. Tu peux compter sur moi. Je ne cèderais ce privilège à aucun autre : je m'occuperai de la maison et des enfants autant de temps que tu en auras besoin et qu'ils me supporteront.

— Ils sont rassurés de te savoir avec eux. Ils te considèrent comme un membre de la famille, une sorte de grande sœur qui habite au-dessus, dans un appart indépendant.

— Je suis touchée de ta confiance et de leur affection Naïs. As-tu besoin d'affaires pour ce soir ? Veux-tu que je te ramène quelque chose à manger ?

— À midi, je descendrai m'acheter un snack à la cafétéria. Pour ce soir, j'ai commandé un plateau repas accompagnant. La nourriture n'a pas l'air sensationnelle.

Parfois, les barquettes repartent sans même avoir été ouvertes mais je pourrai manger chaud, c'est un point positif.

— Tu as raison, essaie de prendre de vrais repas, c'est plus réconfortant et ne te fie pas à ce qui reste sur les plateaux. Beaucoup de malades ont l'appétit capricieux, surtout dans le service d'oncologie.

— C'est vrai. Ce matin, j'ai préparé ma trousse de toilette et quelques vêtements avant de partir à l'hôpital mais j'ai oublié le shampoing, peux-tu m'en apporter ?

— Oui.

— J'ai surtout oublié d'emporter quelques livres. Olivier dort beaucoup dans la journée, les programmes télé sont déprimants et il y a peu de choses à faire entre ces murs. J'ignore qui vient lui rendre visite aujourd'hui. Nous sommes en semaine, chacun a ses obligations professionnelles et familiales. Alexandre m'a promis de passer sur sa pause déjeuner. Le temps risque d'être long si je n'ai rien à lire. Il y a une pile de romans posés sur la console de l'entrée.

— Du shampoing et des livres, je note. Comment va-t-il ce matin ? Hier, je lui ai trouvé une petite mine.

— Il est plus faible qu'hier Ambre. L'infirmière lui a posé une sonde urinaire. Elle m'a dit qu'il n'avait presque pas dormi, ses poumons étaient très encombrés et il a cherché son air toute la nuit avec beaucoup de fébrilité. Comme il était très agité, l'équipe soignante a fini par lui administrer un sédatif.

— Ses poumons sont remplis de liquide. Il n'est pas possible d'aspirer ces sécrétions pour le soulager ?

— Le médecin n'est pas convaincu que ce soit le geste médical le plus adapté à son état. Selon lui, le soulagement ne sera que de courte durée, les liquides reviendront rapidement encombrer la respiration. Il m'a expliqué que l'aspiration nasotrachéale n'est pas une mesure anodine, elle expose à de nombreux effets secondaires et peut majorer la douleur. Olivier est sous assistance respiratoire continue, le débit d'oxygène a été augmenté. L'infirmière me conseille de rafraîchir la pièce et de la ventiler pour donner un peu plus de confort à Olivier. Il a encore été surélevé. Le médecin pense également qu'il est temps de diminuer l'hydratation générale. En diminuant l'hydratation, il aura apparemment une action directe sur le volume des sécrétions bronchiques.

— Olivier risque d'avoir soif, non ?

— Je peux lui donner à boire à sa demande mais juste quelques gouttes, il risquerait de faire une fausse route en buvant davantage. Je lui humidifie aussi régulièrement la bouche.

— Tu es à l'extérieur de la chambre ?

— Bien sûr, il ne pourrait pas m'entendre parce qu'il dort mais je préfère sortir pour téléphoner. Ce matin, il était épuisé. Ses yeux m'ont souri lorsque je suis arrivée et il s'est immédiatement endormi. Depuis, il ne s'est pas réveillé.

— Ta présence l'apaise. Ça lui fait du bien de dormir.

— Oui. En revanche, sa respiration est laborieuse, très bruyante et irrégulière. Par moments, Olivier oublie même de respirer.

— Tu en as parlé au médecin ?

— Oui, il m'a expliqué que c'est un processus normal en fin de vie. Je ne supporte pas d'entendre ces mots Ambre, « fin de vie », même si je ne suis pas stupide... Le métabolisme est en train de diminuer, toutes les fonctions ralentissent petit à petit, y compris la respiration. C'est très douloureux pour moi. À chacune de ses apnées, mon cœur s'emballe. Je compte chaque seconde qui l'éloigne de moi. J'ai l'impression que mon monde s'écroule : Olivier est mon sang. Je n'imagine pas la vie sans lui...

La voix de Naïs s'est étranglée sur ces derniers mots, libérant le son étrange et dissonant d'un instrument brutalement désaccordé. Elle reprend après un long soupir.

— Chaque fois, je brûle de le secouer et de le réveiller mais je me retiens de le faire : s'il doit partir dans son sommeil, ce sera plus facile pour lui et sans douleur. Je n'ai pas le droit de le retenir même si j'en crève d'envie.

— Tu vas tenir Naïs ?

— Il le faut, Olivier a plus que jamais besoin que je sois forte pour deux. En tout cas, je ne veux plus qu'il dorme seul. C'est trop anxiogène pour lui. Il n'est plus dans son environnement familier, son corps le lâche, il respire de plus en plus mal... Il sait que la fin se rapproche même si nous n'en parlons pas. La nuit risque de devenir une épreuve redoutable, je dois l'accompagner. C'est compliqué pour moi, j'éprouve le besoin viscéral d'être près de lui, je sais aussi que les enfants auront rapidement besoin de moi à la maison. Je me sens déchirée.

— Les enfants comprennent la situation Naïs. Ils savent ta présence indispensable à leur père. Tu ne dois pas culpabiliser de ne pouvoir être sur tous les fronts. Pense aussi à toi. Repose-toi dans la journée si possible. La nuit, tu seras sûrement sur le qui-vive. Sors un peu pour te détendre dans les jardins de l'hôpital. Alexandre sera là pour le déjeuner, laisse-le seul avec Olivier le temps de te promener un peu. Descends prendre un café ou un thé, un muffin. Accorde-toi des pauses, c'est important.

— Merci, je vais suivre tes conseils. À ce soir.

— À ce soir, je t'embrasse.

J'ai raccroché, nerveuse. Je m'assois quelques minutes pour reprendre mes esprits. Je pense à Olivier, à son agitation cette nuit. Lorsque j'étais enfant j'ai eu longtemps peur du noir. La nuit venue, je m'efforçais de combattre mes démons, le cœur prêt à exploser à chaque craquement de plancher. L'obscurité, en me privant de ma vue et de tous mes repères, déchaînait mon imagination. Ma peur repeuplait ma chambre de créatures brouillonnes et muettes, féroces, embusquées dans les recoins de ma chambre. Ma raison ne s'est jamais étonnée que ces monstres attendent avec une patience angélique la satisfaction de leurs pulsions et le bouleversement de ma petite vie derrière le tissu épais d'un rideau ou sous les lattes de mon lit. L'angoisse de la rupture nourrissait ma phobie. Pour Olivier, aujourd'hui, la mort est tout sauf une chimère. Elle est bien là, tapie dans le noir, carnassière, à l'affût. La peur d'Olivier n'est pas irrationnelle, mais instinctive : l'éternité l'observe, sans bouger, muscles tendus. Elle ouvrira sa gueule glaciale au moment propice, celui où il baissera la garde...

J'inspire profondément. Mon cœur me pince, une vraie tenaille... Je dois faire quelques courses pour le dîner. J'ai prévu de préparer un plat que Tom et Myriam adorent et dont Olivier m'a enseigné les secrets. Une manière de l'inviter à notre table ce soir... Je ferme les yeux et l'entends encore me prodiguer ses conseils pendant qu'il cuisine...

« Regarde. Il faut commencer par faire suer sur ton lit d'huile d'olive deux beaux oignons jaunes, très finement émincés. Tu ne dois jamais laisser les lamelles se colorer, elles doivent au contraire devenir translucides au fur et à mesure qu'elles perdent leur humidité et concentrent leurs saveurs... Écoute, il faut toujours entendre ce léger chuintement, ce petit bruit, c'est l'évaporation de l'eau de l'oignon. Tu sales, pour assaisonner bien sûr mais le sel aide également à tirer une partie de l'eau de végétation. Maintenant, tu jettes sur ce lit tes morceaux de poulet et tu les fais raidir, c'est-à-dire que tu dois les faire saisir rapidement dans la matière grasse à feu moyen. Tu dois faire vite, juste quelques minutes, ce qui permet de raffermir la chair en début de cuisson. Voilà, tu ajoutes les pruneaux et les dattes, le jus d'un citron entier, le cumin, la cannelle et les graines de coriandre, le poivre, le sel. Tu mouilles avec un quart de litre d'eau bouillante, tu couvres et tu laisses mijoter à feu modéré. Sens ces épices, un avant-goût de paradis ! Dans une heure, ce sera prêt ma belle. En attendant, il nous reste à ciseler la coriandre fraîche et à faire griller les graines de sésame pour les parsemer sur le tajine au moment de servir. Au travail... »

Olivier, avec toi la vie était une fête.

Je viens de me mordre la lèvre. Qu'est ce qui me prend ? Pourquoi est-ce que je parle de toi au passé ?

(La lettre de Léo)

J'ai tout dans mon panier : un beau poulet de ferme que la lame affûtée et précise du boucher a défait comme un puzzle, des oignons doux, une douzaine de dattes fraîches ambrées, des pruneaux brillants et charnus, un bouquet de coriandre, un citron bio acheté au marché des producteurs locaux. Je cuisine le tajine tout de suite et n'aurai qu'à le faire réchauffer ce soir en ramenant Myriam et Tom de l'hôpital...

Dans le hall d'entrée, ma boîte aux lettres est pleine. J'ouvre le battant et ramasse la donne : de nombreux courriers et publicités empilés comme des tétrominos. Une publicité pour une nouvelle pizzeria de quartier qui livre à domicile et revisite les codes de la pizza : « crème de truffe, crème de parmesan, roquette et noix de Saint-Jacques ». Original...Un flyer tonique pour le centre de remise en forme qui s'ouvre cette semaine dans la rue. Mon relevé bancaire, une facture. Je dois penser à coller sur ma boîte aux lettres une étiquette « Stop pub », faire également les démarches nécessaires pour dématérialiser toutes ces factures, ce sera plus simple et plus écologique. Mes remboursements de frais médicaux.

Une lettre... Je n'en reçois jamais. Plus personne n'écrit de nos jours. Une lettre est à l'heure des réseaux sociaux aussi improbable qu'une bouteille lancée à la mer. Au mieux, je trouve dans ma boîte électronique quelques missives pressées et rachitiques, dans lesquels les émoticônes prolifèrent plus sûrement que des pleurotes dans une champignonnière. Parfois une carte postale à la tonalité débridée, fraîche et légère des vacances s'invite dans ma boîte. Une lettre, non.

Je palpe l'enveloppe. Épaisse, elle renferme un petit matelas de feuilles. Qui aura eu l'idée de m'écrire ? De s'asseoir à une table pour peser ses mots, choisir une à une de petites perles chocolatées, noires, lactées, onctueuses, laquées, aromatiques, longues en bouche, pour le seul plaisir de mon palais ? Je regarde, incrédule, mon nom et mon adresse sur l'enveloppe. Je ne connais pas cette écriture. Si elle devait avoir un sexe, je trancherais pour celle d'un homme : sobre, simple, ferme, à l'appui franc. Une véritable énigme.

La mention « France », l'étiquette postale marine spécifiant « mel udara-par avion », les timbres colorés frappés de la mention « Malaysia » sur la surface desquels de gros hibiscus roses s'épanouissent achèvent mon trouble. Je retourne l'enveloppe pour connaître l'identité de l'expéditeur. Mes mains se mettent à trembler, puis le corps tout entier. Au dos de la lettre, aucune adresse, pas de nom. Juste trois lettres. Celles d'un prénom au goût de miel avant celui de la cendre, d'un fantôme qui a dansé pendant des mois dans les volutes bleutées de mes cigarettes et à qui je suis redevable de mes semaines de Seroplex : Léo.

Je recherche nerveusement le cachet de la Poste : dix janvier. Cette lettre est partie de Malaisie il y a presque un mois. Léo devait être en mission. Mes doigts, fiévreux, décachètent la lettre. Ma tête tourne, étourdie par l'afflux bouillonnant de mon sang. Je brûle de découvrir ce que cette lettre contient d'espoirs, de regrets, de promesses, de justifications...

— Arrête !

Le son de ma voix vient de résonner dans le hall de l'immeuble, aussi ferme que le maillet d'un juge. Je ne dois pas me laisser piéger. Qu'est-ce que cette lettre pourrait m'apporter maintenant ? Après tous ces mois de combat, de reconstruction et de réouverture à la vie ? Mes doigts ont desserré leur étreinte sur le papier, ont replacé les feuilles au fond de l'enveloppe. Je ne suis pas sûre d'être prête à la résipiscence de Léo. Je n'accepterai pas davantage qu'il me fasse encore du mal, après tous ces mois de silence, qu'il évalue mes manques, pèse mes silences, juge mes mots d'amour. Léo m'a repoussée de manière aussi mécanique que la mer rejette le varech sur la côte. Lire les mots de Léo, quelles que soient ses intentions, c'est accepter le brûlage méthodique de ce varech et se préparer à une combustion lente, opaque, chargée d'exhalaisons. C'est la promesse d'un épais nuage de fumée âpre. J'ai besoin de réfléchir. J'ai besoin de respirer.

(Adieu mon ami)

— Bonjour ma belle, assieds-toi près de moi.

J'obéis et m'installe sur le lit, près d'Olivier. Son corps est décharné, j'ai l'impression d'occuper seule l'espace. Je prends sa main glacée dans la mienne et la porte contre ma joue pour m'en envelopper. Je sais pourquoi nous ne sommes que tous les deux, face à face, ce matin. Pourquoi, dans un silence religieux, il y a quelques minutes, Naïs berçait doucement Myriam contre elle en retenant ses propres larmes. Pourquoi Tom est sorti de la chambre avec la chevalière de son père portée autour du cou sur un lacet de cuir, l'air fier et hébété avant de s'accrocher aux hanches de sa mère. Pourquoi il paraissait avoir grandi d'un coup contre sa volonté.

Nous attendons tous, un par un, portés par notre dévotion et nos prières, notre amitié ou notre amour, d'être conduits vers le lieu de notre dernière alliance. Celle qui nous liera à travers le temps, de manière indéfectible. Dans le couloir, je me suis préparée à entrer dans la chambre débarrassée de toutes mes peurs. C'est le moment où il ne faut pas fuir car il n'y en aura plus jamais d'autre.

— Bonjour Olivier. Comment vas-tu ce matin ?

— Je vais partir Ambre. Aujourd'hui. Peut-être demain ou après-demain mais c'est imminent.

— Je sais. J'aimerais tellement que tu restes.

—Nous ne choisissons rien ma puce. Ni le moment où nous naissons, ni celui de la maladie, ni celui où nous mourons. Nous choisissons seulement qui.

— Oui, nous choisissons seulement qui. Et moi, je t'ai choisi. Je suis fière d'être ton amie.

Olivier me sourit faiblement, le regard pénétrant et lumineux. Il n'y a plus que ses yeux, comme un phare. La maladie a tout dévasté, a pillé toutes les forces physiques mais elle n'aura pas réussi à vaincre Olivier. L'amour est au cœur, comme un noyau fissile bombardé de neutrons qui, sous l'effet de la charge, libère sans compter son énergie sous forme de chaleur.

— Moi aussi je t'ai choisie Ambre et je suis fier d'être ton ami. Tu es d'ailleurs plus que ça, comme une partie de moi, de ma chair. Je voulais te remercier pour ce que tu m'as donné.

— Je n'avais pas grand-chose à donner. J'ai l'impression d'avoir surtout reçu...

— Arrête de te flageller, ma petite pierre veinée de cicatrices. Comme je te l'ai dit il y a longtemps, tu as beaucoup de valeur et tu dois apprendre à te faire confiance. Tu as tout en toi. Tu as toutes les ressources pour être heureuse et pour rendre un homme heureux. Bien sûr, il faudra qu'il aime le genre « haricot vert » ...

Je lui tire la langue.

— ... mais je connais un jardinier qui rêverait de te voir t'épanouir dans son jardin.

— Un jardinier ascétique ?

— C'est tout le contraire, un vrai épicurien, un homme qui sera heureux de ce que tu es vraiment : une fille sublime, intelligente, généreuse, enfantine, fragile avec un cœur énorme. Il sait que tu as été blessée, plus profondément que tu ne me l'as jamais dit, il est patient et t'aidera à te réparer.

Olivier a choisi ses mots pour me tendre la main et je dois la saisir. Mon cœur est à nu. J'ai laissé mes peurs derrière la porte de cette chambre. Je m'interdis de fuir.

— J'ai quelque chose à te confier Olivier. C'est un peu lourd.

— Je sais Ambre. Fais-le. Cela fait trop longtemps que ce secret t'encombre.

— J'ai été agressée il y a quelques années, par un homme que je considérais comme un ami. Il allait mal, il était désespéré. Il n'avait plus de repères. Ce jour-là, je l'ai massé pour l'aider à se sentir mieux. Il est devenu méconnaissable et s'est déchaîné... Cet accident m'a rendu fragile, trop sans doute. Je suis malhabile avec les hommes, toujours aux abois, toujours tendue. Hyper sensible aussi. J'ai peur de ne plus savoir comment faire.

— Un ami qui t'agresse n'est pas un ami, c'est un vrai connard. As-tu porté plainte contre lui ?

— Non et je ne souhaite pas le faire. Il n'a pas été jusqu'au bout. Je suppose qu'il crève de remords. Je n'ai plus jamais voulu le revoir. Cela fait presque trois ans maintenant, je veux passer à autre chose. Revenir à mes souffrances, ce serait m'envelopper à nouveau d'une gangue terreuse et pleine de cailloux. Je n'ai plus envie que mon passé me freine. Te confier mon secret me suffit, je te passe le relais.

Les yeux d'Olivier se sont étrangement obscurcis, voilés par une colère sourde mêlée de chagrin. Une larme coule sur sa joue. Je la recueille de mon index pour la porter à ma bouche. Olivier a le goût de ma peine.

— Merci de ta confiance, je partirai avec ton secret, me dit-il après quelques secondes, la voix étranglée. À mon tour de te confier le mien. Tu m'as donné beaucoup de force pour lutter, c'était une sacrée bataille. Mes enfants, Naïs, tous mes amis et même mon père, à sa manière, m'ont donné de la force. J'ai gagné grâce à vous de nombreux jours sur la maladie. J'ai aussi appris à vivre chaque jour de plus comme une vie entière. Avec ta petite bouille d'enfant trop sage, tu as eu le cran de m'accompagner jusqu'au bout, de supporter ma douleur, mes jérémiades, mes doutes, mes peurs, ma dégradation physique. Tu n'as jamais failli, beaucoup de personnes n'auraient pas eu ce courage. Tu vas t'autoriser à être heureuse. Tu mérites de l'être. Ce salaud ne t'a pas détruite, tu as beaucoup plus de force que tu ne l'imagines. Laisse la vie se charger de lui. Il paiera, je te le promets. Viens contre moi maintenant.

Je me laisse tomber dans ses bras. Vidée.

— Tu m'en dis un peu plus sur le jardinier ?

— Laisse-le opérer, c'est un vrai magicien. Tu sais de qui il s'agit et nous savons tous les deux qu'il te plaît.

— Alexandre.

— Alexandre, oui. C'est le moment pour toi Ambre.

— Et si je n'y parviens pas ?

— Tu vas y arriver.

Olivier resserre son étreinte.

— J'ai un service à te demander Ambre. Naïs est une femme courageuse mais mon départ sera très dur pour elle, nous nous aimons depuis si longtemps. Moi, j'ai la chance de partir avec elle mais Naïs reste là, sans moi. J'aimerais que tu te montres présente pour elle.

— Je serai présente pour Naïs, tu peux compter sur moi.

— Il est temps de se dire adieu ma belle. Embrasse-moi puisque je n'ai plus la force de t'embrasser.

J'ai déposé un baiser sur son cœur, après l'avoir écouté battre quelques secondes à travers le pyjama. Puis un second sur sa bouche. Long, profond et sans aucun désir. Un baiser d'amour fraternel entre deux personnes qui ne seront jamais frère et sœur, dans lequel j'ai concentré toute ma gratitude et adressé à Olivier tous mes vœux pour sa nouvelle vie, ailleurs. Un baiser dans lequel Olivier m'a transféré sa lumière, sa reconnaissance, son amour de la vie. Un nectar divin échangé de manière primitive, par trophallaxie. Je referme la porte derrière moi. C'est au tour d'Alexandre d'entrer pour dire adieu à son ami. Etonnée, je me sens porter sur lui un autre regard, celui d'une femme qui ne s'interdira plus jamais de vouloir vivre.

Complètement, sans retenue, sans peur. Il n'y a plus de doute.

(Vole)

Il y a un monde fou, sans doute plus de deux-cents personnes. En me frayant un passage vers la chambre, je reconnais certains visages. Ceux, un peu flous, de commerçants du quartier, de parents d'élèves aperçus ces derniers jours devant l'école, ceux plus facilement reconnaissables de l'équipe infirmière à domicile ou de voisins proches. Tous fermés et dignes. Nous nous saluons de la tête ou d'une poignée de main. Dans cette marée drapée de noir, silencieuse, des silhouettes beaucoup plus familières, les amis d'Olivier croisés à l'occasion de fêtes ou de repas et le cercle intime : son père, fantomatique, Naïs, Tom, Myriam, Alexandre, André, Lili, Nathan. Nous sommes aujourd'hui les pièces d'un gigantesque jeu d'échecs démantelé. Le roi, absent du plateau, repose derrière cette porte grise. J'ai froid et j'ai mal.

— Naïs...

Naïs m'a prise dans ses bras, longuement. Elle me berce, d'un mouvement à peine perceptible, avec une douceur presque maternelle. Je me laisse faire. C'est moi qui devrais la consoler. Je lui souris.

— Veux-tu le voir ?
— Oui.

Nous nous dirigeons ensemble vers la chambre funéraire, main dans la main.

La pièce est très sombre, fraîche comme une alcôve souterraine dans laquelle s'abriteraient des amoureux venus goûter le frisson de baisers. L'air diffuse l'odeur douce et vanillée de bougies disposées en cœur sur des tables basses. Au centre repose Olivier, vêtu de son costume de marié, gris perle, et d'une chemise cintrée, blanche. Son visage est méconnaissable, si beau, apaisé et vidé des tensions de la maladie, lisse comme l'albâtre. Sa peau est maquillée et ses paupières parées de cils artificiels. Olivier dort. Je place mes mains sur son thorax. Figé, froid, une véritable cage de fer dont les herses auront été son tourment pendant un an.

Pendant quelques secondes, je me surprends à rêver. Un rêve insensé et délicieux, forgé dans la douleur. Tout ceci n'est qu'une mise en scène. Un décor de théâtre. Dans quelques secondes, tu te réveilleras. Tu me souriras et je sentirai mes résistances prises dans le filet de tes larges fossettes, comme lors de notre première fois. Tu prendras ma main, tu te redresseras aussi brusquement qu'un diable à ressort jaillit de sa boite mécanisée et tu nous emmèneras tous, loin, sous un parterre d'applaudissements...

Naïs se penche sur toi, dépose sur la surface marbrée de ton visage des dizaines de baisers. Ce seront les derniers, les lèvres mémorisent, déjà avides. Myriam et Tom l'ont rejointe. Ton père s'est approché. Perdu. Une barque à la dérive.

J'ouvre mon sac à main et en retire une enveloppe. Épaisse, timbrée de gros hibiscus, scellée sur ses secrets. Je m'approche de ton oreille et murmure :

— Je te confie cette lettre. Je ne l'ai pas lue malgré ma curiosité.

Je te sens, incrédule et gausseur, me sourire derrière tes paupières closes.

— Tu as raison. Moi aussi, j'en suis étonnée. J'ai rêvé de cette lettre pendant des mois mais elle arrive trop tard et c'est tant mieux. Tu la liras pour moi.

Je la glisse sous la couverture et la dépose contre le tour du cercueil. Des dessins d'enfants y ont déjà été glissés ainsi qu'une petite boîte en bois sculpté, quelques photos, un roman et des brins de lavande séchée. Une porte vient de s'ouvrir à l'arrière de la chambre. De nouvelles gerbes de fleurs sont déposées dans les angles de la pièce. Un coussin de roses blanches rehaussées de feuillages vernissés est placé au pied du cercueil en attendant les scellés funéraires. Un officier de police entre. Je dépose un baiser à la racine de ton nez.

— Je t'aime. Où que tu sois, tu seras toujours en moi.

Alexandre, derrière moi, s'est enroulé autour de mon corps comme un serpent. Ses bras se resserrent sur mon ventre, doux et bienfaisants. Providentiels. Je reçois le flux tiède de sa respiration dans mon cou. Je suis à l'abri. Ces bras sont déjà mon Nord et mon Sud. L'horizon est lisible.

Au moment où nous sortons de la chambre, un étrange nuage, noir et mouvant, balaie le ciel au-dessus du funérarium. Chorégraphie saisissante. Des centaines d'étourneaux évoluent en une masse fluide et vibrante, grosse éponge protéiforme qui se densifie, s'étire, revient à sa source et se régénère pour produire à chaque seconde un nouveau sujet. Sur la tenture pâle du ciel, se devinent tour à tour les figures pointillistes d'un cône, d'un poing serré, d'une vague. Le ciel vient de se parer d'un nuage éphémère de carbone dont les particules s'attirent, s'accouplent, se rejettent et s'attirent à nouveau. En quelques dizaines de secondes, la nuée marque un bref arrêt et se pose, comme un seul individu, sur une grue voisine. La tour, le chemin de roulement, la contre-flèche s'animent et deviennent corps et membres d'un gigantesque animal. Une girafe qui produit un son aigu, où se mêlent sifflements et cliquetis. Et puis, en un claquement de doigts, le rêve animal s'évanouit pour redevenir une charpente métallique, le nuage s'évapore et reprend sa course. Loin, vite...

Une course éperdue vers un ailleurs plus léger, où la souffrance n'existe plus. Tu es parti Olivier.

Vole.

(Lumière)

Premier octobre. L'été indien a pris ses quartiers dans la ville. La lumière est caressante, douce et suave comme un baiser d'enfant, le temps suspendu. Alexandre dort encore. Je respire à la fenêtre.

Dans le jardin de Naïs, le figuier croule sous la débauche de ses fruits bombés. La liane de passiflore, palissée sur un treillis de bois, déploie ses fleurs aux couronnes zébrées de pourpre et de blanc : des dizaines d'yeux géants, aux filaments solaires, semblent m'épier sous leur camouflage végétal.

Naïs vient de sortir dans le jardin, en tongs, un arrosoir à la main. Vêtue d'un pantacourt en jean délavé, d'une veste ocre sous laquelle apparaît le rebord blanc de son chemisier, une serviette de bain bleu outremer nouée en turban sur ses cheveux mouillés. Elle se retourne, me sourit, m'envoie un baiser de la main. Une lumière franche éclaire son visage. D'ici, sa frêle silhouette, son port de tête la font ressembler à une adolescente. La « Jeune fille à la perle » de Vermeer.

— Il fait beau aujourd'hui !

— Un temps radieux. Nous serons prêts vers quatorze heures. Est-ce que je dois prévoir mes chaussures de randonnée ?

— Non, tes baskets suffisent. Nous partirons du Plan d'En Chois jusqu'au refuge Cézanne. Une balade de grand-mère. Parfait dans ton état.

Je ris en caressant machinalement mon ventre.

— Les enfants seront avec nous ?

— Tom oui, avec un copain. Myriam a préféré cet après-midi les bras de son petit ami. En revanche, ce soir, nous serons tous les trois à votre table.

— Nous y comptons bien. À plus tard.

Cela fera huit mois dans quelques jours qu'Olivier est parti. Nous l'avons accompagné, selon ses vœux, jusqu'à la Sainte-Victoire, le lieu magique de son enfance. Ses cendres ont été dispersées au pied d'un olivier centenaire, un jour de mistral, face à la cathédrale minérale dont il était depuis toujours amoureux. Elles se sont dispersées aussitôt, en écharpe, pour essaimer sur une large étendue de terre. Olivier ressentait déjà l'envie impérieuse de sa liberté. Il a eu raison de ce choix : une éternité ne sera pas de trop pour contempler la beauté sans pareil de ce site. Nous y randonnons depuis très régulièrement. J'y ressens, à chaque fois, le frisson grisant et addictif d'une étonnante proximité physique avec Olivier.

Mon ami est présent dans ma vie, tous les jours, sans douleur. Bien sûr son sourire envoûtant, ses facéties, son énergie me manquent mais tout ce qu'il était s'est ancré en moi et a pris racine, comme un arbre. Un amour inconditionnel de la vie qui permet la digestion des épreuves, même les plus amères. Il m'a appris la valeur de chaque instant et la reconnaissance que nous devons aux êtres qui nous aiment. Je téléphone souvent à ma mère, je vais la voir. Sans elle, sans Olivier, je restais à terre...

Le courage de Naïs a forcé mon admiration. Évidemment, elle est venue, à son rythme, frapper à ma porte pour reprendre des forces, diluer son café de ses larmes. Évidemment, il lui a fallu du temps pour apprivoiser l'absence, apprendre à transformer le lien charnel, affectif, intellectuel en une plus grande présence, intérieure. Elle parle souvent d'Olivier, entre amis, avec ses enfants, en grognant sur ses petits défauts et en s'émerveillant de ses dix-sept années de vie commune avec lui. Dix-sept années de souvenirs, de construction mutuelle, de rires, d'amour, de nuits et de matins passés ensemble. Dix-sept ans de soutien, d'admiration réciproque, émaillés sans doute de quelques disputes sanguines et de salutaires réajustements. Un amour demeuré intact à l'épreuve du feu, de la chimie et des rayons. Indomptable, irréductible.

Je veux le même parcours avec Alexandre. Nous avons emménagé ensemble dans la semaine qui a suivi le décès d'Olivier, avec la facilité d'un bonjour. J'ai poussé mes meubles et accueilli, pour mon plus grand bonheur, ses meubles pop, sa guitare acoustique, sa brosse à dents jaune fluo, sa générosité, son désordre et sa vitalité.

J'ouvre mon livre de cuisine familial : Ossobuco alla milanese. Le plat inratable de mon père.

Ingrédients : quatre cuillerées à soupe d'huile d'olive
trente grammes de beurre doux
une grosse gousse d'ail écrasée
un oignon moyen, finement haché
une petite branche de céleri, finement hachée
un verre de vin blanc sec
deux tomates fraîches
cinq rouelles de veau
une cuillerée de persil plat frais, finement haché
une demi-cuillerée de thym frais
une feuille de laurier
trente grammes de farine
vingt-cinq centilitres de bouillon de viande
un beau zeste de citron
sel et poivre

Un coup de pied. Un autre. Je souris. Ma main placée sur la surface rebondie de mon ventre cherche le contact. Hier, Alexandre m'a demandé quel prénom me plairait pour un petit garçon. J'ai répondu sans hésiter « Olivier ». Je lui ai demandé à quel prénom il pensait si nous attendions une fille. Il m'a soulevée, m'a embrassée au creux des seins et répondu avec le peu de sérieux dont il se sentait capable :

— Nous l'appellerons aussi Olivier.

Avant d'éclater de rire.

Remerciements

À ma mère et à mes frères, sans qui ce livre n'existerait pas. Merci pour votre soutien, vos conseils, vos multiples lectures... et votre foi en moi.

À mon carré de premiers lecteurs.

À tous ceux que j'aime et qui font ma force.
À Eve et Lorenzo, ma colonne vertébrale.

À Frédérique.